大活字本シリーズ

一所懸命

岩井三四二

《上》

埼玉福祉会

一所懸命

上

装幀　巖谷純介

目次

一所懸命

魚棚《うおだな》小町の婿《むこ》

一

　すでに陽が落ちてかなりの時が過ぎている。あたりの家も寝静まり、聞こえるのは風の音だけというのに、中倉妙純《なかくらみょうじゅん》の屋敷にはまだ灯がともっていた。

　屋敷の広間にすわっているのは、妙純のほかにふたり。烏帽子屋仁《えぼしやに》右衛門《えもん》と、木下兵衛太夫《きのしたひょうえたゆう》である。三人はともに村人の中から選ばれた役《やく》のオトナ（村の執行役）だった。

　剃りあげた頭にごま塩の短い髪をはやした妙純は、唇をとがらせて腕組みをしていたが、腕をほどくと、はた、と膝をたたいた。

「公方《くぼう》さまのお下知《げち》とはどうもあやしいが、従うしかないやろ」

「さよう。われらにことの是非は見分けられんでな。断ることはできん」

という木下兵衛太夫は、石灰《あく》や塩などをあつかう商人である。

「な、そういうことや。三人くらいなら、若衆組も文句いわんやろ」

木下兵衛太夫が、烏帽子屋仁右衛門のほうをふり返っていう。

「それはいいが、行く者がおるかな」

太い眉の下の大きな目をぎろりと剝《む》いて、仁右衛門はこたえた。

がっしりした大きな身体に、目、鼻、口みな大きいという荒っぽい造作の顔立ちの仁右衛門は、ここ粟津《あわづ》でとれた琵琶湖《びわこ》の魚の仲買をするセンバ衆のひとりであり、また京で魚を売る烏帽子屋の主人でもある。

「ここのところ、毎年のように合戦があるでな。お召しに応じてでかければどんな目に遭《あ》うか、みなよう知っておる。そうそうだまされんぞ」

仁右衛門に言われて、妙純がふーっとため息をついた。

「一昨年、九里《くのり》さま攻めに従ったふたり……、ほれ、下村《しもむら》の弥助《やすけ》に次郎太《じろうた》か。あやつら、戦陣では食う物もあらへんし、夜も木の下で筵《むしろ》をかぶって寝るのが精一杯で、寒くて寒くてたまらんかった、などと言うておったぞ」

「しかも馬のように荷を背負わされ、弱音を吐いたら槍の柄《え》ではたかれ、これでは敵の矢にあたる前にお味方に殺されると、恐ろしくてたまらなかった、とも申しておった」

と妙純もうなずく。

「それだけならいいが、その前に蒲生郡《がもうごおり》まで連れていかれた長吉《ちようきち》など、朋輩同士の手慰《てなぐさ》みがもとで喧嘩になって、腕を切りおとされておる」

「こたびは、えらい大軍勢で京へ攻めこむとのことやしな。いままでより手ひどい仕儀になるやろ」

「こうたび重なると、いくらお屋形さまの命令でもなあ」

仁右衛門は、顔をしかめてこきこきと首を回した。

永正《えいしよう》十七年（一五二〇年）四月、畿内《きない》諸国は混乱していた。

数年前から、京では幕府執政の座をめぐって、細川澄元《ほそかわすみもと》と細川高国《たかくに》による内紛がおこっていた。たがいに西国の大名を味方につけ、兵を動員して合戦におよび、京を追い出したり追い出されたりしていたが、今回は高国のほうが負けて、この近江《おうみ》へ逃げてきていた。

なんでも、先年、京を追い出されていた澄元が昨冬に阿波《あわ》で挙兵し、摂津《せっつ》に上陸してきたので、高国が出張って合戦におよんだところ、高国勢が負けてしまったのだという。

敗走した高国は京にもとどまれず、そのまま素通りして、六角《ろっかく》氏を頼って近江まで逃げてきた。そのあまりに豪快な逃げっぷりに公方さまが興をさまし、高国を見かぎったといううわさも耳にはいってくるほどだった。

そこに南近江守護の六角氏と、守護代の伊庭《いば》氏との長年の争いがからみ、京や摂津などばかりでなく、この粟津の近くもさわがしくなっていた。

逃げてきた細川高国は、公方さまの御教書《みぎょうしょ》なるものを乱発し、近江だけでなく美濃《みの》、越前《えちぜん》からもしきりに兵を集めているようだ。

その下知をうけた六角氏の奉行からの書状一通が、この村にもきたのである。手勢をひきいて出陣することになったので、荷運びの人足三人をだせという。ご丁寧《ていねい》に、ださねば軍勢を遣わして譴責《けんせき》するとも、その書状には書いてあった。

粟津は園城寺《おんじょうじ》の領地なので、守護からの課役《かえき》は通常はないのだが、合戦となれば別で、守護不入《ふにゅう》の建前などかまっていられないらしい。

園城寺にお伺いを立てたところ、前例もあることとなのでいうとおりにしろ、という人ごとのような返事だった。

そうはいっても、人を出すとなれば村としては重い負担である。どうするか、態度を決めなければならない。村の代表である役のオトナに、その決定はゆだねられている。

「近ごろの若い衆は、どれもこれもぬるい奴ばっかりやしな。張り切って商いをするでもなし、女の尻を追いかけるしかできへん奴らやで」

「仁右衛門どののように、娘ふたりをお持ちやと、心配も絶えぬやろのう」

妙純が含み笑いをしながらいう。

兵衛太夫がふたたび腕を組んだ。

「ま、そりゃ若衆組にまかせるしか、しょうがあらへん。とにかく若衆組に申し渡すやわ。だれも行く者がおらなんだら、そのときはまた考えればいい。それより」

と言葉をきってふたりを見まわした。

「合戦となれば、商売をどうするのや」

兵衛太夫は眉間に皺《しわ》をよせた。

「京の衆も、合戦となりゃ米と銭をかかえて家に引っ込んでしまうわ。そんなところで店をひらいたとて、売れるもんかい。そもそも京への道がふさがるぞ。これでまず、十日はあかんな。どうするのや」

妙純も同調する。

「わしらのところには、その日暮らしの者がようけおるのや。一日や二日ならまだしも、十日も稼がな、顎《あご》が干上がるぞ」

「そやけど、荷をはこんでいる最中に、鎧兜《よろいかぶと》の衆に出くわしたらえらいことやでなあ」

昔からこのあたりは、琵琶湖の漁労と田仕事の、半農半漁の暮らしをしている家が多かった。京で売る竹細工の品をつくることも、家の副業としてまたさかんだった。いまではろくに田も持たず、漁にも出ずに、京でものを売って暮らしている家も多い。

「そうはいっても、戦《いくさ》ではなんともならん。じっとすくんでおるしか手ぇあらへん。みなの衆に、戦の最中は京へいくなと、触《ふ》れを回したほうがいいのやないか。売り物をとられるならまだいいが、命をとられたら、女房に泣かれるで」

村人を危難から守るのも、役のオトナの仕事である。兵衛太夫の意見は当然だった。

「ひょろひょろと街道へでて、人質にでもされたらかなわんでな」

そらそうや、と妙純もうなずく。

「ならば触れをまわすか。危ないから京へは行くな、とな。ああ、そうなると明日の漁は取りやめて……」

「まてまて。そりゃ、わぬしらの座だけにしてもらおうか」

仁右衛門は、声を強めた。

「戦はどうにもならんやと？　たわごとは措きなはれ。戦のときこそ、稼ぎどきぞ。待っておったほどや」

「稼ぎどきとな？」

「おうよ」

仁右衛門はふんと鼻息を吹いた。

「戦になろうが、京の衆は飯を食わねばならん。笊《ざる》や石灰は売れずとも、魚は売れるでな。それどころか、ほかの魚屋が店をしめれば、いっそう高値で売れるわい。この時を逃してなるものか」

「兵どもにつかみ取りにされるぞ。魚なんど、腹を空かした足軽どもにみなとられてしまうわ」

妙純があきれたようにいう。

「そのときはそのときや。もっとも、三好《みよし》さまに意を通じてあるでな、なにごとも起こるはずあらへんが」

仁右衛門は強気だ。

「ならば魚商売だけは別扱いとするか」

兵衛太夫が裁定するようにいう。

「そうしてもらお」

仁右衛門はうなずいた。

二

粟津の里は琵琶湖の南端、瀬田川《せたがわ》にかかる有名な長橋《ながはし》の北にある。

このあたりは湖岸が山裾ちかくまで迫ってきているため、さほど平地は広くない。

また、ここは山門比叡山《さんもんひえいざん》や寺門《じもん》園城寺といった権門の膝元でもあることから、その昔から粟津庄《あわづのしょう》、粟津別保《べっぽ》、粟津橋本五箇庄《はしもとごかのしょう》などの荘園《しょうえん》が混在し、庄の境目も入り組んでいたため、大きな田地を所有する力のある土豪は育たなかった。

一方で粟津御厨《みくりや》という荘園もあり、漁民たちが琵琶湖でとれる魚などを朝廷に献上していた。

御厨の漁民たちはその後、供御人《くごにん》と名を変え、朝廷に魚鳥を献上する見返りとして、課役や関料を免除される特権をえた。その特権を生かし、京で生魚の販売をするようになったのは、もう何代も前からのことである。

仁右衛門たちが生まれ落ちたときには、粟津の住民は京に行き来し、魚やら笊やらを売って暮らしを立てるのが当たり前のようになっていた。いまや粟津は商人の里といってもいいすぎではない。

翌朝早く、仁右衛門は湖岸の魚揚場にきていた。

葦《あし》ばかりが茂る湖岸の一角に、十間《けん》（約十八メートル）ほどの桟橋を突きだし、そのたもとに屋根ばかりで壁がない掘っ立て小屋が一軒建っている。それが魚揚場《うおあげば》である。

仁右衛門だけではない。女房のフジ、長女のクメ、次女のサトと、一家総出だった。小屋のまえに立って、湖面にでていった舟の帰りを待っている。

「旦那さん、シジミ、ここにおいとくでねえ」

ひと抱えもある笊に入ったシジミを、中年の女がおそるおそる、という態《てい》で仁右衛門のそばにおいた。

シジミとりは女衆の仕事だった。このすぐ下流、瀬田川の砂地から大粒のものがとれる。昨日とったものを、ひと晩清水につけて泥を吐かせて持ってくることになっていた。

「へえへえ、いただいとくわ」

フジが愛想よくこたえた。さっそく天秤《てんびん》で目方をはかるのを次女のサトが手伝う。

サトは母のフジに似て、やや小柄で色白、細面《ほそおもて》のきりっとした顔をしている。親のひいき目を加味しなくても、十分に美人である。十五歳だが、すでに村の男たちに評判が高いようだ。京の店にたつと魚棚《うおだな》小町《こまち》ともいわれるほどで、仁右衛門は鼻が高いが、それはそれで悩みの種でもある。

対して姉のクメは、ふたりの手伝いもしないで突っ立っている。シジミをもってきた女をむっとした顔で睨《にら》みつけるだけだ。

こちらは十七歳。父親に似て大柄である。肩幅も広く、腕も太い。顔も大作りで、目も鼻も口も大きい。

クメのことでは頭を痛めていた。もちろん自分の娘であるから、ふたりともかわいい。クメも十分に美人だ、どこに嫁にだしても恥ずかしくない、と、少しまえまでは仁右衛門も思っていた。

ところが先日、家の台所で夕暮れの中、竈《かまど》の火を熾《おこ》しているクメを見て、衝撃を受けた。火吹き竹をふくために下から赤い火に照らされたクメの顔は、目がくわっと見ひらかれ、鼻の穴がひろがり、頬もまるまるとふくれあがって、かなり迫力のあるものだったのである。状況を考えて割り引きしても、閨《ねや》でかわいがってやりたい、という種類の顔では決してなかった。

――あれでは婿《むこ》を選ぶのに、贅沢《ぜいたく》はいえへんかもしれん。

なにも顔の造作だけで娘の価値が決まるわけではないが、仁右衛門が弱気になるほどの光景だったのは確かである。

その上、長子として育てられたせいか、クメは気が強い娘だった。幼いころ、遊び仲間の男の子を泣かせるのはしょっちゅうだったし、いまでも漁師たち――家業である烏帽子屋にとっては、銭を払ってやる相手である――に、傲慢《ごうまん》ともいえる態度を見せる。なにもへいこらする必要はないが、もう少し娘らしい愛想があってもいいのにと思うことは、ままある。

その点、妹のサトは体つきも女らしいし、人に対する態度もやさしい。姉より先に妹が嫁ぐことになるかもしれない。そう思うと、なにやらクメが不憫《ふびん》になる。クメは父親によく甘える子なので、なおさらのことだ。

――ま、いずれは婿取りをするのや。

男の子がいないので、家を保つためにはクメに婿をとらなければならない。しかももう十七歳だから、急がねばならない。わしの力でええ婿をさがしてやるぞ、と仁右衛門は決心していた。それもまた、男親として胸のざわつく仕事ではある。

陽はすでに湖の対岸、三上山《みかみやま》の上にある。

まだ薄暗いうちから出漁していった舟がつぎつぎにもどってきて、魚揚場はにわかに騒がしくなった。

このあたりの漁師は、四つの組に分けられている。今日はふたつの組が出漁していた。

琵琶湖は大昔から村ごと、庄ごとにきっちりと漁場が決められていて、勝手に漁はできない。漁師同士が魚を取りあって争いになるのを未然に防いでいるのだ。だから粟津の漁師たちも、自分の住まいのすぐ前、南湖《なんこ》から瀬田川にかけての狭い範囲にしか舟をだせない。そのせまい漁場に、魚の湧く時期には多くの組が、そうでない時期にはひとつかふたつの組が出漁することになっている。

魚が活発に泳ぎまわるこの時期なら、少なくとも三つの組は出漁するものだが、今日は仲買をするセンバ衆のうち、烏帽子屋しか魚を買わないので、役のオトナの権限でふたつの組に絞ったのである。

「ほれ、鯉《こい》」

漁師が鯉のはいった桶《おけ》をもってくる。昨夜のうちに竪瓶《たつべ》という籠を沈めておいたものを、今朝、揚げたのである。その籠で寝ていた鯉が、いまは桶の中ではねている。どこにも傷がないので、京へもっていっても十分に生きがいい。

仁右衛門が鯉の数をかぞえていると、

「よう、朝早うから精がでるな」

と若々しい声がした。

「あれ、早いねえ」

甘い声をだすのは、サトである。ちらと目をやると、男衆が三人、サトのところへきていた。

「四郎はん、シジミなの？」

「おう、高う買うてくれ」

「いま、はかるでねえ」

三人の若衆は、それぞれ桶をもってサトの前にならんでいる。

——シジミとりなんぞ、女衆のすることや。

まったく近ごろの若い者は、という言葉が出かけた。しかも目当てがわかっているから、なおさらだ。

あの三人は、いつもシジミをもってサトのところへ来る。目的はシジミの銭よりサトだ。美人のサトと言葉を交わしたいのだ。

「サト、こっちへきて鯉をかぞえてくれ」

仁右衛門はいった。

「シジミはクメがはかるんやで」

憮然《ぶぜん》として立っているだけだったクメに命じた。クメはむっとした顔でサトとかわると、無言で天秤をつかいはじめた。

「なんや、鯉をもってくるんやったな」

と聞こえよがしにいうのは、四郎という若衆だった。

「一貫（約三・七五キロ）もあらへん。遊びやないんやで、こんどからもっと気張ってもってきなはれ！」

叱りつける声は、クメである。そういわれても、四郎はへらへらと笑っている。

「やれ、美人のいうことはきっついのう」

というと、ほかのふたりも笑いをこらえる顔になった。

この四郎という若者は、鼻筋がとおり、目も切れ長で涼しげで、仁右衛門も感心するほどの整った顔立ちである。村の娘たちに人気があるらしい。

しかし仕事に精出しているとも聞かないし、切れ者とも聞かない。ただの女好きだ。そんなろくでもない男にうちの娘がからかわれている、と思うと仁右衛門の声は荒くなる。

「ほれ、邪魔や。用がすんだら、すぐにどきなはれ」

村の重鎮である仁右衛門に逆らう若衆はいない。若衆たちは夏の蝿《はえ》のようにすぐさま姿を消した。

——穀潰《ごくつぶ》しどもが。

ろくに仕事もしないで女に色目を使いやがって、と唾《つば》をはきかけてやりたい気分だった。

揚がった魚をかぞえ、帳面につけて漁師座の者から確認の花押《かおう》をもらった。

これで仕入れは終わった。いよいよ京へむけて出発だ。

「では警固の衆、頼みまするぞ」

仁右衛門が声をかけると、そのあたりの地面に腰をおろしていたニナイの衆と、警固の若衆が立ちあがった。

いつもは魚桶を天秤棒でかつぐニナイの衆五、六人で京へむかうのだが、今朝は胴丸をつけ、手槍や弓をもった警固の若衆が五人ついている。

魚揚場から少し歩けば東海道へでる。京までは逢坂山《おうさかやま》をこえて三里

（約十二キロ）ほど。暑い中を重い荷をかついでいても一刻《とき》ほどで歩ききらねばならない。ほとんど駆け足のような歩き方になる。

仁右衛門は先頭にたつと、京の自分の店棚めざして歩きはじめた。

三

その晩、屋敷にもどった仁右衛門は、フジを相手にして銭をかぞえ、手控えに今日の売上を書き入れていた。

盃を片手にして、ほろ酔い機嫌だった。肴《さかな》はモロコの味噌田楽。焼きたての、骨まで柔らかい小魚のモロコを噛《か》むと、魚のうまみと焼いた味噌の香ばしい香りが口中にひろがって、至福の味である。

「ようもうかりましたな」

「なんの。いうほどのこともないわ」

粟津の生魚座は、京の東半分の生魚販売権を独占している。店棚は今町《いままち》と六角町《ろっかくちょう》にそれぞれ数軒あり、ほかに魚桶をかついで町を流す振り売りもやっている。粟津の者が魚を売らなければ、京衆が困るほどのものなのである。

そんな粟津の魚屋も、今日は仁右衛門の烏帽子屋のほかは休みだった。

京でも西のほう、淀《よど》の魚市などはやっていたようだが、きちんと商圏の区分けができているので、こちらには売りに来ない。塩魚や干魚の座はべつにあるが、やはり合戦に巻きこまれるのをおそれて、休んだ店棚が多いようだった。

いつもとかわらず店を開いた烏帽子屋の魚は、高値で売れた。鯉もシジミも小鮎《こあゆ》も、季節の魚で値の高いアメノウオも、昼前にはみな売れてしまった。

粟津から京までの道中、とくに危難にもあわず、いつもと変わりがなかったことを思えば、強気をとおした仁右衛門の見通しはあたったといえる。手にした銭は危険を冒した分だけ多く、警固衆に渡した酒手などを差し引いても普段の倍ほどのもうけが残った。

しかし、仁右衛門は不満だった。

――値つけをまちがえてしもうたわ。

もっと高い値をつければよかったのだ。実際、合戦のうわさがながれていて、米や麦の値段もあがっていた。

仁右衛門は深く息をついて首筋をもんだ。

いつもより疲れを感じるのは、役のオトナの寄合でおそくなったせいもある。京からもどったその足で、寄合にでたのである。

やはり人足にでる若衆はいなかった。若衆組からそういう回答がきていた。

といって、出さなければ奉行から責められるのは役のオトナたちである。

「情けないやつらや。目の前のことしか見えてへん」

「合戦がこわくて世の中わたっていけると思うとるんか」

三人はひとしきり若衆たちに悪態をついた。

「妙に算用高いのに、無用の算用というのがでけんのや」

妙純は商人らしいけなし方をした。

「ここで我慢していやな役を買って出とけば、あとでええこともあるになあ」

どんなことが？　とたずねてみると、

「いや、それはわからへんけどな」

と頼りない答が返ってきた。

「せやけど、出しまへん、ではすまんで。どないするのや」

「うーん」

仁右衛門は首をかしげた。これが村内一軒ごとにかかる役ならば誰にしようかと悩むこともないのだが、三人だけとなるとかえってむずかしい。

「いつまでやったかな」

「奉行からは、明後日の朝、といわれとるけど」

ということは、今日明日のうちに決めなければならない。

兵衛太夫がいった。

「しょうがないわ。われらがひとりにひとりずつ、若衆を口説いて連れてくるやな」

う、と仁右衛門はつまった。そんなことをするのか。

「みな、あてはあるんか」

ふたりは静かにうなずいた。

「近所の若衆に多少の銭をつかませや、なんとか行ってくれるやろ」

「いざとなりゃ、家の下男に行かせるわい」

若い衆のひとりぐらいなんとでもなる、という態度だった。

なんとなく反対しかねて、仁右衛門はそのまま帰ってきてしまった。

手控えをとじて、仁右衛門は手のひらで顔をぬぐった。

——さて、どうするか。

明日のうちに、若衆をひとり調達しなければならない。

身内の者も、いないではない。息子はいないが甥《おい》はふたりいるし、京での振り売りに使っている若い衆、いつものニナイの衆などは、これからも使ってほしければ、と因果を含めればいうことを聞くだろう。

だが身内の者をだすのは気が引ける。当人の身が危ないというより、なにやら借りを作るようで、いやなのだ。

ではどうするか、と考えているうちに、庭先で物音がした。

「また若い者やろ。聞かぬふり、聞かぬふり」

フジが口に手をあてながらいう。

仁右衛門は盃をおき、ため息をついた。

村の若衆が、娘のところに夜這《よば》いにきているのである。

夜這いをとめる者はいない。みな若いころはやったことだし、とめたら誰も夫婦になれなくなってしまう。さらに、その家は若衆組から嫌がらせをうけることになっている。

「またサトのところか」

「そうやねえ」

夜這いを禁じるどころか、若衆が来やすいように、離れや庭に面した部屋に娘を寝かせるのが親の計らいというものだった。だからサトもクメも、母屋でなく庭にある離れに寝かせているのだが、どうも気になる。

「クメのところにも来ておるか」

「それがねえ」

さっぱりだ、という。

「サトのところは、若衆が喧嘩するくらいやのにねえ」

仁右衛門は唇をねじまげた。それではクメがかわいそうだ。

「そなたも、ちと親として斟酌《しんしゃく》したらんか。一度、サトとクメの部屋を替えてやるとか」

今度はフジがむっとする番だった。

「さようなこと、村の笑いもんになるでえ」

暗い中なら姉と妹の区別もつくまい、というのでは、仁右衛門もあまりいい考えだとは思えなかったので、それ以上は主張しなかった。

「不憫やのう」

父親に似たばっかりに、と腹の中だけでつぶやく。

「あの子には、ええ婿をさがしてやらんとねえ」

自力で男を捕まえるのは無理だ、と母親も見通しているようだ。

仁右衛門はまたため息をついた。

「サトのところにはどんな男がきとるのや」

「今朝、きておった若衆、見たやろ」

あの三人のろくでなしどもか。

「サトは、さほど乗り気やないようやけど。ま、うまくあしらうやろうに」

「うーむ、ええ話やないなあ」

遊びとしても、もう少し見どころのある若衆ならば文句もないが、あのへらへらしたやつらでは……。

腕組みをし、

「娘ばかりをもつと、なにかと気苦労が絶えぬものや」

とこぼしつつ、首をこきこきと鳴らしていると、不意にある考えが浮かんだ。

「あの三人、サトは好《す》いてはおらんのやな」

フジにたしかめると、

「そうやねえ。そのようやねえ」

と言う。

仁右衛門はうなずき、にっと白い歯をみせた。

「いやや。ひとり笑いしてなはる」

フジが気味悪そうにいった。

四

翌早朝、仁右衛門一家はいつものように魚揚場にきていた。

——どの阿呆が真っ先にくるか。

と思っていると、生白くて整った顔だちの若衆がきた。やはり少しばかりのシジミをもち、サトのところへ近づこうとしている。

あの男か、と仁右衛門は腹の中で舌なめずりした。同時に名前を思い出そうとしたが、出てこなかった。

「あれ、誰や」とフジに訊いた。

「四郎はんや」

「さよか」

仁右衛門はつかつかと歩みでると、

「ああ、精がでるな」

とサトに話しかけようとする出鼻をとらえて若衆に声をかけた。

「朝もはようから商売に精をだすのは、感心感心。気張ってかせいでや」

とにこやかにいいつつ、驚いた顔の若衆を、「こっちへ来なはれ」と人気のない小屋の裏へひっぱっていった。

「ちと話があってな」

じっと目をのぞき込んでいうと、若衆は目をふせた。美人と楽しく話をするはずが、いきなり親爺に話しかけられたせいか、身体が強ばっている。無理もないが、それにしても意気地がない。

「いや、大したことやないで、そうかしこまらんでええ。殿さまが人足をほしがっておるの、知っておるやろ」

知らないとはいわせない。若衆組で寄合があったはずだ。

四郎は目をふせたまま、ちいさくうなずいた。

「出えへんか。三人やが、ひとりまだ決まっとらんのや。ええぞ。飯は食わせてくれるし、お宝を……その、つかめるかも知れんし」

勝ち戦となれば、人足とて敵方の死者から鎧兜や刀を奪えることもある。あくまで味方が勝った場合だが。負けた場合は、逃げ足がものをいうことになるだろう。

「村の者の見る目もちごうてくるぞ。戦場を踏んだ男や、ちゅうて、おなご衆にも自慢できるし」

若衆は下をむいたまま答えない。

「わぬし、いま何をしておるのや」

若衆の口が重いので、仁右衛門はすこし話の角度をかえてみた。

「まさかシジミ拾いで食っておるわけやないやろ」

「はあ……」

村の漁師ならみな顔も暮らしぶりも知っているので、漁師でないことだけは確かだが、ほかの商売をしているとなると、いくら村内でも知らない者は多い。

「家の田畑を打つほかは、箕《み》や笊を担ったり、シジミをひろったりしてんのや」

自分のせまい田畑を耕すほかに、商売の手伝いをして銭を稼いでいるということだ。このあたりの家はどこもそうである。

「ならば十分や。人足にでるがええ。のちのち悪いことにはならん。帰ってくればおなご衆に自慢できるぞ」

「人足なんど、行かんで」

ぼそりと返事が返ってきた。

「あんなもん、どつきまわされて恐ろしい目に遭うだけや。飯も食いかねるそうや。行きとうない」

やはりちゃんとわかっている。ことはそうそう簡単には運ばないようだ。

「さよか。ならこうしてお願いするわ。村として、どうしても三人に行ってもらわんといかんのや。村のためと思って、行ってくれんか」

仁右衛門は頭をさげた。役のオトナが、村でも重んじられる役柄の男が、頭をさげたのである。だが目の前の若衆は首をふった。

「そんなん、わしが行かんでも、誰かに頼んでくれ。いくらでもおるやろ」

予想した通りの答だった。仁右衛門は首をまわした。ごりごりと音がした。

「さよか。行かんか」

「ああ、行かんで」

「ならばほかの者にあたるか」

「そうしてや」

「残念やな。人足に行く者にうちの娘をやろうかと思っておったんやが」

若衆が顔をあげた。目が見開かれている。

「さて、ほかをあたるか」

仁右衛門は横をむいた。

「あ、もううちには来んといてや。娘に手をだしたらあかんで。嫁に行く先は、今日中に決まるさかいな」

若衆をのこして歩きだした。娘がいても、祝言をあげる相手が決まっていれば、若衆は夜這いをかけない決まりである。

人足になる者はつかまえられなかったが、サトにたかる蠅《はえ》を一匹始末したということだ。一石二鳥とはいかなかったが、一石一鳥にはなる。

さて、つぎの阿呆がきているかな、と目を桟橋のほうへやったとき、背後から自信のなさそうな声がかかった。

「あ、あの、その話、ちょっと考えさせてもらえへんやろか」

——かかったか。

「なんや。こっちは忙しいのやで」

と仏頂面でふり向いた仁右衛門だが、内心はにんまりとしていた。

サトの威力はたいしたものである。鰻《うなぎ》の竪瓶《たつべ》をしかけるときは、田《た》螺《にし》をつぶしたものを籠《かご》にいれておくとよくとれるが、なんだかサトが田螺のように思えてきた。

四郎というその若衆は、最初のうちはまだ迷っているようだったが、魚揚場がにぎわしくなり、京へもっていく魚がそろったころには、人足として出頭することを承諾していた。

ではは支度をしてくる、といってサトに手をふって去っていった四郎を、仁右衛門はまじめな顔で見送ったが、内心は舌を出したい気分だった。

人足に行ってもどってきても、もちろんあんなやつにサトをやる気はない。四郎がごねても、ごまかす方法ならいくらでもある。

しかし念のためと思い、サトの意向も打診してみた。

「あやつ、人足に行ったら帰って来んかもしれんぞ。討たれるかも知れんし、手負いになるかもしれん。それでもええのか」

「ええよ」

「さようか？　なにやら楽しそうに話しておったが」

「話を合わせてただけや。あんなの、どうなろうとかまへん。いけすかんやつやし」

いままでにこにこと話していたのに、サトは軽く断言した。その裏表のちがいの大きさに、父親ながらぎょっとする。

「帰ってきたら、わぬしを嫁にくれといいだすぞ」

「あはは、おかしな人やでねえ。わっちが嫁に行くなら、有徳人《うとくにん》（金持ち）がいい」

どこかの侍か蔵法師《くらぼうし》(高利貸業者)、でなければ店棚もちの商人がいいという。三反百姓《たん》のせがれの四郎など、まるで勘定にはいっていないようだ。

仁右衛門はうなった。この娘は、いつの間にそんな知恵をつけていたのだろうか。

――ま、母親似やでな。

フジも同じようなところがある。所帯をもって十数年。外見がやさしく弱々しいからといって、必ずしも内面も弱いわけではない。むしろやさしく見える分だけ、裏にしたたかな計算がある。夫として思い知らされてきたことだった。

「人足って、そんなに危ないの？」

横から口をだしたのはクメだった。

「まぁ、兵とはちがうでなあ。矢で狙《ねら》われたりはせんやろが、なにしろ合戦や。何が起こるか、わからんで」

まあ、といって大きな目を潤ませ、厚い唇をきっと結んだ顔は、悲しみをこらえているように見えた。

ほほう、と仁右衛門は思った。気が強い娘だが、心根は存外やさしいようだ。

一瞬、あの若衆をクメの婿に、と想像してみた。だが次の瞬間には打ち消した。

クメは普段、四郎に厳しくあたっている。四郎を好《す》いているとは思えない。それに、そもそもあんなへなへなしたやつに大切なクメをやれるものか。

「さあ、今日も商売や」

魚桶をかついだニナイの衆と警固衆の一団をひきつれて、京は今町の店棚へとむかう。

「大丈夫やろか。なにかと物騒やけど」

東海道へでたところで、ニナイの衆のひとりが訊いてきた。

心配するのも無理はない。昨日の帰り道でも、甲冑《かっちゅう》をつけた兵たちが三条《さんじょう》や四条《しじょう》の通りにたむろしていた。いよいよ合戦が近くなったとみえる。

「なんの。警固の衆も頼んでおる。なにかありゃ、やつらにまかせりゃええ。心配ないわい」

仁右衛門は強い口調で返事をした。

なにかしら面倒があるかもしれないが、そんなことを気にしていたら商売はできない。危ないからこそ、魚が高値で売れるのだ。商人としてこの機会をのがしてはならない。京まで持っていけさえすれば、みな売れるのだから。

東海道は、瀬田の長橋をわたってから次第に湖岸をはなれてゆき、粟津のあたりではかなり山裾よりを通っている。仁右衛門の一行は、園城寺門前の大門通りの町並みを右手に見ながら、いつものように逢坂越えの山道にはいっていった。

途中、走井《はしりい》の泉と山科《やましな》の里でひと息いれたほかは早足で歩きとおして、京の入り口、粟田口《あわたぐち》についた。

ここの関所は公家《くげ》の山科家のものである。粟津供御人としては山科家は本所とあおぐ家であり、関係が深い。あらかじめ鑑札をもらっているため、関銭をおさめずに通ることができる。

関所がいつもより騒がしいと思ったら、具足を着けて槍をもった兵が十数人、群れていた。

ぎょっとしたが、そのうしろに顔なじみの番人がみえたので、仁右衛門は兵たちのあいだを縫うようにして歩み寄った。

年寄りの番人は落ちついていた。

「ようござった。今日あたりは通る人もずいぶんと減ったわ。なに、戦はまだやて。みな物見にきておるだけや。三条、四条、それに高倉《たかくら》表《おもて》のあたりは兵がふえとるけどな」

「いずれのお家のお侍やな」

「三好筑前《ちくぜん》さま、その下の香川《かがわ》、安富《やすとみ》さまなんぞやな」

みな公方様の下でおとなしゅうしてなはるで、その鑑札さえ見せたらええのや、という。

「ならば、心配にはおよばんわ」

三好筑前守は、細川澄元の配下である。ふた月ほど前に西から京へ進駐してきた。細川高国の兵と入れ替わりになったわけだが、公方さまが京を動かなかったので、合戦もなく、京の町にさほどの混乱はなかった。

もちろん、仁右衛門は三好筑前の家人《けにん》たちにも渡りをつけてある。本所の山科家をとおして銭や魚をおさめてあるのだ。筑前守の花押のある手形（通行証）ももっている。

「ゆくぞ」

仁右衛門は一行をうながして堂々と兵たちのあいだを通り抜け、京へはいった。

数日のあいだ、魚は高値で売れつづけた。

仁右衛門はせっせと粟津と京を往き来し、もうけを積みあげることができた。そんな仁右衛門をみて、ほかの魚屋も商売を再開しようとした。

しかし仁右衛門は、この好機をだまって他人にまで回すほどお人好しではなかった。

なんだかんだと理屈をつけて漁師の舟をださせないようにし、水揚げされる魚がふえないようにした。結果、ほかの魚屋には魚は回らず、京での魚の値も下がらなかった。不満をいうオトナ衆もいたが、仁右衛門は無視した。どうせ合戦がおさまるまで、わずかなあいだだけのことである。少々強引なことをしても問題にはなるまいと見越していた。

そうしているうちに、京の東、如意ヶ岳《にょいたけ》に細川高国の兵が陣《じん》をとった。五月三日のことだった。近江で集めた兵は、その数三万。間の悪いことに、ちょうど仁右衛門が京へきていたとき、合戦がはじまった。

二条、三条の鴨川《かもがわ》寄りから高倉あたりにかけて兵が展開したため、仁右衛門たちは粟津へ帰れなくなった。

二日間、今町の店に泊まりこんで心細い思いをしたが、結局、京の町まで戦火はおよばなかった。それどころか、ほとんど合戦らしい合戦もなく、三好筑前の兵は逃亡、細川高国の大勝におわったという。どうやら高国の三万の兵に対して、三好筑前には五千ほどの兵しかおらず、多勢に無勢をさとって、戦う前から戦意を失っていたらしい。

「それ、大したことやなかったわい」

仁右衛門は、自分の読みの確かさを自慢したい心境だった。

街道沿いにはまだ三好の残党がうろうろしているというので、さらに一日様子をみて、四日目に粟津へ帰った。

「三日も足止めをくらってしもうた。大損や」

実際はその前の数日でたんまりともうけをだしていたのに、仁右衛門はほかのオトナ衆にはそういって悔しそうな顔をして見せた。

屋敷にもどると、フジとサトはいたものの、クメが見あたらなかった。

「クメはどうした」

「人足にでた若衆が手負いになったよって、見舞いにいっとる」

とフジがこたえた。

「手負い？　だれや」

「四郎はん」

「あれか」

自分がさがしてきた人足である。ちらりと良心の痛みをおぼえたが、べつに自分のせいではないと思い直した。

「腕を痛めたとか。ほかのふたりはぴんぴんしとるけどねえ」

どうせあわてて馬にでも蹴られたのだろう。こちらが加勢した高国勢が勝ったのだから、陣内はさほど混乱もなかったはずなのに。それでも怪我をするとは、やはり役に立たぬやつだ。

「ま、見舞いも無駄にはならんやろ」

クメの振る舞いは悪いことではない。烏帽子屋として、ちゃんと村の衆のことを考えていると示すことになる。

「見舞料として酒の一荷《か》でも出さなならんかな」

「おきなされ。無駄なこと」

フジは平気で冷たいことをいう。まあ、それはそれでいい。これから世話になる男でもない。

さて。

フジに「だれも通すな」といいつけ、奥の間にはいった。すわりこんで、手控えの数字と、もうけた銭を照らし合わせた。

魚などは安いものだが、それでも今度のように合戦前だと値も上がる。魚棚一軒のほかに、数人で手分けして町中を振り売りしてまわると、一日で一貫文にもなった。漁師や警固の衆への支払いなどを差し引いても、この数日の稼ぎは五貫文をこえた。

番匠《ばんじょう》（大工）など職人の一日の手間賃が八十文である。三反の田からとれる米が五石ほどだから、一石六百文として三貫文。百姓が一年かかって収穫する米を売った代金以上の銭を、数日で得たのである。

目の前の銭を数えていると、自然に頰がゆるんでくる。合戦さまさまである。これからも年に一度くらいは派手にやってほしいと思う。

そのとき、「ちょっと、ちょっと」とフジの声がした。入れともいわないうちに引き戸があいた。

「後藤さまから使いの方がいらして……」

フジがおびえ顔でいう。槍やら弓やらをもったむさ苦しいのが四人も五人も門前にきているという。

「何の用や」

「とにかく亭主をだせというて。中にまで踏み込みかねん勢いやで」

あわてて銭をかきあつめ、壺のなかへ入れた。

外へでてみると、短袴姿《みじかばかま》の大男にいきなり腕をとられた。臭い息が首筋にかかった。

「烏帽子屋、そのほう、敵方へ内通しておったやろ」

「へ？」

「証拠は歴然や。逃げ隠れすな」

わけのわからないことをいわれ、そのまま連行されてしまった。

五

三日のあいだ、仁右衛門は後藤屋敷の蔵に籠めおかれた。

最初の日に身分のありそうな侍がでてきて、

「京で三好勢に加担しておったやろ。われらの動きを密告しておったやろ」

と尋問された。

仁右衛門は後ろ手に縛られ、土間にすわらされている。

「魚を商いおる者が、なんでそんなことを」

と申し開きしても、許してくれない。

「証人がおる。そのほうが毎日京へのぼり、三好勢にわが軍勢の動きを逐一伝えておったと、申す者がおるのや」

「そりゃ誰でっか。偽りを申しあげるのは」

「さようなことは知らずともよい。それ、きりきり白状せい」

と責められた。知らぬというと、割れ竹で肩や背を打たれ、あまりの痛さにひっくり返ると水をかけられた。

はじめは動転した。ここからだしてくれと哀願もした。が、そんなことでだしてくれるはずもない。

その晩、蔵の中で痛みにうめきながら、なぜこんな目に遭うのか、仁右衛門はさまざまに考えをめぐらした。たどり着いた答えは、村の誰かが烏帽子屋のもうけをねたんで、でっち上げの告げ口をした、というものだった。

——ちと、やりすぎたか。

漁をおさえて、もうけを独り占めにしようとした。それがまずかったようだ。

と反省しても、すでに遅い。このように取りこまれてしまっては、犯人を捜すこともできない。反撃のしようがない。

二日目はなにもなく、終日蔵の中に押し込められたままだった。お屋形さまの奉行人ともなると、村人ひとりにそうそう構ってもいられないということだろう。

しかし、事態は最悪だった。主人がいない烏帽子屋はどうなっただろうか。罪人と決まれば、家屋敷は検断《けんだん》と称して領主に没収されることになる。まだ未決とはいえ、烏帽子屋があぶない。留守をあずかるフジはうまく立ち回るだろうか。妙純や兵衛太夫は、ちゃんと味方になってくれているだろうか。

そう考えて、仁右衛門は絶望的な気分になった。うまくいっているはずはない。

フジは若いころ美形だったというだけで、世故にたけているわけでもないし、商売の知恵もない。こんな状況を乗り切れる才覚はない。

妙純たちも、味方するどころか、このときとばかりに烏帽子屋の乗っ取りをはかるだろう。

もうだめだ。どうにもならない。自分も烏帽子屋も終わりだ。

気力がつきてぐったりしていると、三日目になってようやく蔵からだされた。

つよい陽射しが照りつける庭に引きだされた。

前の広縁には、先日の侍がすわっている。打ち首でも言いつけられるのかと震えていると、意外なことに、

「格別の慈悲をもって、放免したる」

と侍はいう。

そういわれてほっとしたが、喜びもわいてこなかった。やっとまと

もな方向に風が吹いたな、と思うだけだった。

放免するとは、捕まえたこと自体が間違いだったと証《あか》すようなものだ。

ここでその失態をついてわめき立ててもいいのだが、仁右衛門はここから出ることが先決だと思い定め、おとなしくいうことを聞くことにした。いいたいことは多々あったが、「ありがたいことで」と頭をさげた。

すると侍は、さらにいった。

「敵方に通じたことは許し難いが、そのほうの婿、四郎がこたびの合戦で手柄をたてたゆえ、四郎への褒美とひきかえにその身を放免するのや。四郎に感謝せい」

「ありがとうございまする」

仁右衛門は地面に額がつくほど頭をさげたが、すぐに顔をあげた。

「はあ？」

理解しがたい言葉だった。

四郎が婿だと。

手柄だと。

褒美のかわり？

四郎をだまして人足に追いやったおぼえはあるが、婿にしたおぼえはない。それに四郎は怪我をして帰ってきたとは聞いたが、手柄を立てたとは聞いていない。

どういうことだ。

一瞬、仁右衛門の頭をよぎった考えは、四郎がどうにかしてサトをいいくるめ、婿入りという形で烏帽子屋を乗っ取った、というものだった。サトもしっかりしているようだが、まだ十五だ。男の甘言にのせられる怖れは十分にある。

しかしそれでは手柄とか褒美とかの説明がつかない。やはりわからない話だ。

「なにか不満か」

侍が仁右衛門の顔をのぞきこんだ。

「いえ、滅相もございませぬ」

わけはわからないが、ともあれこの屋敷を出ることが先だ。ふたたび頭をさげると、逃げるように屋敷をでた。

門をでたところに、ひと組の男女が立っていた。

「お父《と》はん」

と駆け寄ってきた女は、サトにしては大柄な、と思っていたらクメだった。

「おお、心配かけたな」

このときほど娘をありがたいと思ったことはない。いつもは見せない笑顔も自然に出てしまう。

ひとしきり喜び合ってから、

「なんでここへ？　出迎えか」

大きな口にひいた紅がいつもより目立つな、と思いつつ訊いた。

「なにいうてるの。お父はんを助けにきたんやないい」

といいつつ目を潤ませている。そのむこうでぶらりと立っている男は、四郎だ。左腕を肩から吊っている。

屋敷へ帰る道々、クメの話をきいて、ようやく謎がとけていった。

四郎の怪我というのは、重い荷を背負って如意ヶ岳の山道を登っているときに足を踏みはずして崖から落ち、腕を折ったものだという。ところが四郎を使っていた侍――侍といっても、平時は下人をつかって田畑をたがやす百姓だが――は、戦闘が少なくて手柄もたてられなかったため、四郎の怪我を敵と戦ったときに負ったものと偽り、軍忠状に書いて奉行の後藤氏まで届け出たらしい。

「それが手柄か」

「そう。お侍のやることって、変やねえ」

あきれた話だが、敵の首をあげたことだけでなく、味方の負傷も、よく戦った結果として軍忠状に記されるのである。

四郎は腕を吊って村にもどってきたが、怪我と疲れのせいか、すぐに高熱を発して寝込んでしまった。

「それをクメさんに看病してもらって」

と四郎は照れたようにいう。クメは赤い顔になり、鼻の穴をふくらませている。

「やさしくしてもらって。親にもこれほど面倒みてもらったこと、あらへん」

かなり感激しているようだ。

「で、看病してるとき、お父はんが大変なことになったってサトが駆け込んできて……」

すわ大変だと村のオトナ衆になきついたところ、兵衛太夫が知恵をつけてくれた。四郎の手柄とひき替えに許してもらうよう、後藤さまに陳情しろといわれ、そのとおりにしたのだと。

「旦那……いや、お父はんは、人足にでれば娘さんをくれるといってござったし。これはもう他人ごとではあらへん」

と四郎は照れながらも、しっかり婿のつもりでいる。誰がそんなことを許したというのか。

「たしかにそういったがな」

仁右衛門は、だますつもりでいたことはおくびにも出さず、むずかしい顔をしてみせた。

「サトが承知するかのう。なにしろ魚棚小町と呼ばれて引く手あまたやし……」

「あ、サトさんやあらへん」

と四郎は顔の前で手をふった。

「クメさんや」

なんだと！　おどろいて四郎を見据えた。はずかしそうに目を伏せたが、白い歯がみえている。

ふり返ると、クメは堂々と前をむいて歩いている。

「だって赤の他人の手柄ではお父はんを助けられへんし、サトはいややっていうさかい、妾《わらわ》しかおらへんかったんや」

父のために犠牲になったといいたげだ。

もう一度、四郎をみた。四郎はちいさくうなずいた。

なるほど、と納得した。どうやら双方その気らしい。

してみると、シジミを買うときなどクメが四郎に厳しくあたってい

たのは、あれは照れていただけなのか。好きな男だから、わざと邪険

にしていたということか。

娘心はむずかしいわい、と思いながらも、仁右衛門はしだいにクメ

を祝福する気になっていった。

どんな手管《てくだ》をつかったのか知らないが、美男の婿を自分の力で手に

入れたのだ。上等ではないか。京で合戦がおこなわれたあと、クメは

クメで、自分の人生をかけてひといくさし、勝ったのだ。

——となると、あとはこのろくでなしに商売をどう仕込むか、やな。

クメの婿なら烏帽子屋の跡取りとなる。この男にそんな才覚があるだろうか。それを考えると気が重くなるが、今日のところは考えないでおこう。

仁右衛門の少しうしろをはなれて歩いていたはずのふたりが、寄り添う気配がした。ささやきと忍び笑いが聞こえた。

幸せそうなその声を聞きながら、仁右衛門はこきこきと首を鳴らした。はたして自分は喜んでいいのか悲しむべきなのかと考えながら。

八風越え
はっぷうごえ

一

又二郎《またじろう》と五郎三郎《ごろさぶろう》は干し藁《ほわら》の山の上にならんで寝転がっていた。刈り入れも稲藁干しも今日で終わり、ようよう手足を伸ばしたところだった。

「やれ、田仕事も終わりや」

五郎三郎が言った。

「何が終わりなもんか」

すかさず又二郎が尖った声を返した。

「また春になりゃ荒田打ちをして田植えじゃ。それがすめば草取りしてまた刈り入れじゃ。ちっとも終わっとらん」

小柄で頭だけが大きく子供のような体つきの五郎三郎にくらべて、又二郎は太い首と蟹《かに》のように厚い胸を持っていた。背丈も五郎三郎より頭ひとつ高く、声も大きくてよく響いた。

「どこまでいっても終わりはないんや。朝から晩までこき使われて、頭下げて飯を食わしてもろて、それからまた働くんや。食いたいものも食えずに働かされて、擦り切れてぼろぼろになって死んでいくんや」

又二郎は吐き捨てるように言うと頭のうしろで腕を組み、目を閉じた。

陽に緩められた稲藁の温《ぬく》みが背に伝わってきた。秋の虫の声が四方から聞こえてくる。やがて五郎三郎の声がした。

「また兄いと喧嘩したんか」

「あんなやつは兄いやあらへんわ」

「しょうもないのう」

「ちょっと早く生まれただけでいい飯を食い、人を顎《あご》で使いよる。総領はええ。やが次男坊はあかん。やっかいものやと言われて追い回されて、ええとこあらへん」

五郎三郎がわざとらしく溜め息をついた。又二郎は指をぽきぽきと鳴らした。

又二郎は両親を早く亡くしていた。七歳上の兄が家を支えて、孤児になることはなかったが、その兄は二年前に嫁を迎えてから、又二郎に対する態度を変えた。妻や子と一緒に住むのに邪魔だとばかりに、母屋から追い出してしまったのだ。

又二郎はやむなく隙間だらけの納屋《なや》で寝起きして、兄の田畑を耕している。このままだと一生、納屋で鼠《ねずみ》とともに暮らすことになってしまいそうだった。

五郎三郎にしても五人兄弟の三人目で、部屋住みであることには変わりない。

青さが薄れて透明になってきた空に、鼠色の雲が浮かんでいた。夕陽が長命寺山《ちょうめいじやま》の陰に隠れようとしている。稲株の残る田には、稲藁を干すはさの長い影がのびていた。

「だれも美濃《みの》へ行かんな。足子《あしこ》もできん」

又二郎は言った。

「危ないで、だれも行かんのや」

空を見たまま、五郎三郎は答えた。

「だれも行かんから、ええ商売になるんやないか。たぶんいまごろ、大矢田《おやだ》の市では紙の値がずいぶん安うなっとるんやないかな」

「うちらから買いに行かんとすりゃ、紙があまって仕方ないかもしれんの」

「もう一月にもなるやろか」

又二郎たちの住む近江《おうみ》国枝村《えだむら》には紙商人の座があって、村人は農事の暇をみては隊商を組んで紙商いをし、銭を稼いでいた。その座は美濃の大矢田郷で産する紙の、京での独占販売権を持っており、十分にうまみのある商売ができるのだ。

だが一月ほど前の天文《てんぶん》十三年（一五四四年）九月に尾張《おわり》の軍勢が美濃に侵入したため、東山道《とうさんどう》のうち美濃街道が不通になって、隊商は大矢田に出かけられなくなっていた。

「そうや。わしらだけで行ってみようか。わしらが商売するんや」

又二郎は急に張り切った声を出すと、弾みをつけて上体を起こした。

「おお、何で今まで気がつかんかったんやろ。わしらが行けばええんや」

途端に元気になった又二郎を横目に、五郎三郎は寝転んだまま気乗りしない声を出した。

「刑部《ぎょうぶ》様も右近《うこん》殿も、だれも行く様子があらへんやんか」

このあたりの村では村人は三つの階層に分かれていた。一番上が馬持ち衆といって、駄馬を持っている者たち。百姓としても広い田地を持ち、中には地侍や神官などもいる。二番目は徒歩衆《かち》。馬は持っていないが、座に入っていて自分の資金で商売をする者たちである。この者たちも自前の田地を持っている。三番目が足子、寄子《よりこ》という、座に入っておらず、そのうえ田地も資金もないただの担ぎ屋だ。

刑部様も右近殿も馬持ち衆で、同時に枝村のオトナ衆（村の執行役）だった。

「刑部様も右近殿も、危ない橋を渡る必要なんぞないお人やでな。慎重にやっておれば、そこそこ銭は入ってくる。それでええんや。だがわしらみたいな徒歩衆は、こんなときこそ稼がんと、上にのして行けん」

自信たっぷりに言うが、又二郎は正確に言うと徒歩衆ですらない。徒歩衆として座に入っているのは又二郎の兄だった。次男の又二郎は座にも入れない。五郎三郎も事情は同じだった。

「又兄いの言うことも分かるが、命と引き換えはいややしな」

「大袈裟《おおげさ》なことを言うんやねえ。東山道が通れんのなら、東海道を使えばよいことや」

「東海道？　保内《ほない》の業突張《ごうつくば》りが許さんやろ」

そう。保内の商人たちがおそろしい。

「楽して儲かる話なぞ、どこにもあらへんわ」

そういうと又二郎は、五郎三郎に顔を向けた。

「ちゃうか。そして今がええ機会やないか」

「又兄いがそういうんなら、そうやろ。だが仕入れの銭もないんやろ」

又二郎はだまった。そのとおりだった。これまでにも金儲けの話はいくつも出たが、元手がないことで結局は行き詰まったのだった。

又二郎はふと十間（約十八メートル）ほど先のはさに目をやった。落ちた籾《もみ》でも啄《つい》ばんでいるのか、雀《すずめ》が四、五羽群れていた。

それを睨みながら足許の石を拾った。振りかぶった右腕が鋭く振られた。雀の群れがぱっと飛び立つと同時に、畦道《あぜみち》に雀の死骸が一つ落ちてきた。

又二郎の石投げといえば近所では有名だった。子供の頃から印地打《いんじう》ち遊びで鍛えられ、長じては身を守る術《すべ》のひとつとして意識して石投げを稽古してきたのだった。

「銭は何とかする。二日後に出発や」

又二郎は言い、立ち上がって背中についた藁屑《くず》を払い落とした。

二

翌朝から又二郎はさっそく動いた。

まず兄に、保内商人の足子として八風《はっぷう》街道を行き来し、手間賃を稼ぐのだと言って十日ばかりの暇を無心した。

案の定、兄はいい顔をしなかった。田仕事は終わったといっても、まだ麦蒔《ま》きや薪《まき》拾いやらといった冬を迎える仕事がある。

「うちの仕事をせい」

という兄と口論になったが、稼いだ手間賃の三分の一を渡すことで手を打った。

それから「鹿《しか》」とよばれている二十歳の若者を誘った。

鹿は無口だが、六尺（約百八十センチ）を超す大男で力は滅法強かった。動きも敏捷《びんしょう》で、村相撲ではここ二年ほど負かす者がいなかった。

そこを見込まれて、枝村の隊商が地方へ行くときには、護衛として甲冑をつけ長巻を持って、行列の前かうしろを固める役目を果たしていた。

あるとき山賊に襲撃されたが、隊商の護衛たちは見事に撃退した。

そのとき鹿は山賊を追って山中を身軽に駆け回った。その姿が鹿のようだというので、渾名《あだな》がついたのだった。

又二郎が話している間、鹿は彫りが深く額が秀《ひい》でた顔をぴくりとも動かさずに聞いていて、話が終わると何もたずねずに承諾した。

「礼金も聞かんでええのか」

あまりに簡単な返事に又二郎が不安になって確かめると、

「いくらでもわしのやることは同じやろ」

と大男は表情を変えずに言った。

鹿の家は田地を持たない小作百姓で、村では員数外とされ、肩身狭く生きていた。それだけに頭を低くし、感情を表に出さない癖が身についているのだろう。

人数はそろった。

あと、仕入れのための元手を工面する必要がある。

又二郎は村外れの寺に行った。ここの僧が金貸しをしているのだ。

「あかん。四貫文もの銭を質物《しちもつ》なしで貸す者など、どこにもおらん」

僧は歯切れのよい大声を出す老人だった。鼻が高く目が釣りあがっていて、天狗様の血が流れているとうわさをしていた。

「質物はわしゃ。返せなんだら、わしが下人になる」

天狗様の気迫に押されそうになりながら、又二郎は食い下がった。

「おまえなんぞ売れても百文じゃわ」

「どうしても質物が必要か」

「おうよ。おめえのところの田地でも質入れすりゃ、四貫文が五貫文でも貸してやるわ」

「質入れか。どうすりゃええんや」

「なんじゃ、そんなこともわからんのか。証文を書くんや」

又二郎は納屋に戻って教えられた通りの借用証を書いた。四貫文を借りるかわりに三反の田地を質に入れるという内容だった。

借り主はもちろん兄の名前にした。兄の名の下に、兄が花押《かおう》がわりに使っている稚拙な魚の絵を書いて、出来上がりだ。

日が暮れる前に寺へ行った。

天狗様は証文をじっと見て、金を貸すことを承知してくれた。月一分（一割）の高利である。

期限は一月後とした。もしそれまでに返せなければ兄貴に請求がゆき、激怒した兄に又二郎は家を追われることになる。

天狗様のほうは、おそらくそんな偽証文でも質物を取り上げられる自信があるのだろう。寺の金は祠堂銭《しどうせん》といって、仏事のための銭を貸しているという建前があるうえ、村の共有財産でもあるから、村仲間に留まろうと思えば踏み倒しにはできないものだった。

「それ、大事に使うんやぞ」

天狗様はそう言って銭袋を手渡してくれた。又二郎はそれを素早く懐に入れた。

寺を出るところまではよかった。無事に金を工面できたことで有頂天になっていた。

だがいくらも行かないうちに足が重くなってきた。又二郎は立ち止まった。

――これは……、大変なことをはじめたんやろか。

実際に銭を手にしてみて、又二郎ははじめて自分のしたことの重さを思い知った。

偽証文による借金。

兄の田地を無断で担保にしたこと。

座にも入っていないのに商売をすること。

どれも露見すれば村に居られなくなる行為だった。ちらりと後悔したが、もう引き返せない。

気がつくと、小さな熾《お》き火《び》が胸の底に居座っていた。熱くてちりちりと胸を焼くその火は、深呼吸をしても胸板を叩いても、一向に消える気配がなかった。

その晩、又二郎はさんざん寝返りを打った挙げ句、納屋を出て川の近くにある後家のハツの家に向かった。

入り口に垂らしてある筵《むしろ》をそっと潜《くぐ》って入った。土間とその奥の板の間と、二間きりの家だった。奥の板の間から小さな寝息が聞こえてきていた。六歳になるハツの子供だろう。

「だれ?」

「わしや」

「ああ……」

寝返りを打つ音が聞こえた。又二郎はその音のほうに歩み寄った。

膝をついて手を差し出すと柔らかく熱い肉に触れた。ハツのふくらはぎだった。

又二郎は無言で手を上に這わせていった。

又二郎は若衆組に入っているから、亭主のいる女でない限り、村中で女のいる家にはどこへでも夜這いをかけられた。

だが女にも拒む権利はある。

忍んできたのが厄介者の又二郎だと知ると、股を閉じ、腰巻きにかけた手を払い除ける女が多かった。そうなると、女が騒ぎ出す前に家を出て行かねばならない。高ぶった気持ちを抱えて夜の闇に消えて行くのは、耐えがたいことだった。

姉妹ばかりの家では、田地を継ぐあてのない次男坊、三男坊でも歓迎してくれる。

だがそういうところにはすでに若衆組の先輩が入りびたっていて、又二郎の入り込む隙はなかった。若衆組はなによりも年次が物を言う世界だから、先輩を押しのけて夜這いをするなどとんでもない話なのだ。

だが子持ちの後家であるハツの家に入りびたっている先輩はいなかったし、ハツはいつも又二郎を気持ちよく迎えてくれた。

ハツの亭主は入り婿で、四年前に刑部様の足軽として浅井《あさい》との戦に出て、遺髪だけになって帰ってきた。以来、後家になったハツは夜這いをかけられれば拒みはしないが、だれと夫婦になるという気もないようだった。

「どういうこと。なにかあったん」

ハツの上で自分勝手に果てた後、仰向けに寝転がっている又二郎に、ハツがささやいた。

「なにかって……、別に」

「今晩はどっかおかしかったえ。乱暴で、痛いくらいやった」

「そんなことないやろ」

「もううちに飽きたん。婆やさかいにな」

「そんなことあらへん」

実際、ハツは又二郎が物心ついたときにはもう立派な娘だったから、五歳は上だろう。明るいところで見れば目尻に小皺があり、手の荒れよう、肌の艶も年相応だった。

だが女が気にするそんな変化も男にとっては些細《ささい》なことでしかない。

ハツは又二郎にとって特別な女だった。

七月の盂蘭盆《うらぼん》には、村の中老が率いる若衆組と娘組の踊り手が、新《あら》仏《ぼとけ》の出た家を回ることになっている。

母の初盆のときに、ハツも来て念仏踊りを踊った。裾短かな単《ひとえ》の小袖を翻し、両手に持ったコキリコを打ち鳴らしながら踊るハツを見て、美しいと思ったのは又二郎だけではなかったはずだ。

そのとき十二歳だった又二郎は、菩薩《ぼさつ》様とはこういうものかと思いながら、汗を飛ばして一心に踊るハツを見ていたのだった。今でも又二郎の頭の中にあるのは、そのときのハツの姿だ。

「でも、別れになるかも知れへん」

「ああ……。やっぱり」

「ならへんかも知れん」

「なんや。せわしないな」

ハッは笑った。暖かい声だと思い、又二郎は少し気持ちがゆるんだ。

「美濃へ紙の買い付けに行くんや」

「美濃は戦《いくさ》やて、みな言うとるやないの。街道が通れんで、だれも行かんのやろ」

「だからええんや。みんなが行かんから商売になるんや」

「危ないやろ。ああ、それで別れになると言うの」

途中からハッの声の調子が変わった。又二郎は返事をしなかった。

しばらく子供の寝息だけが聞こえていた。

「男衆は危ないところへ行きたがるんやねえ。それで身を立てるつもりなの」

「まあそれもあるし、村におっても面白ないし」

「村におって面白いことはあるやないの。盆の精霊会《しょうりょうえ》やら秋祭り、正月。田はなくても、厄介者の身でも、危ない目にも遭わんと気楽に暮らしていけるやない」

「牛や馬みたいに真っ黒になって、来る日も来る日も泥にまみれてか」

「それが地下《じげ》の者の生き方やさかい」

「刑部様は違う。馬に乗り、ええもん着て、京に出てはええもん食っとる。わしもああなりたい」

「刑部様かて、危ない橋を渡っとるんよ。死んだ亭主が言っとったけど、戦に出れば馬乗りはよう狙われるそうやし」

「それでもええ。食うものも食えずに泥塗《どろまみ》れになっとるよりは」

「阿呆なこと言うて」

ハツは取り合わない。又二郎はたまらなくなって一気に言った。

「わしはもうあかんのや。兄いと喧嘩した。家には居辛いんや。どうしても独り立ちせんとあかんのや」

でも怖いんや、泥沼に足を取られてどんどん嵌《は》まっていくみたいな怖さなんや。そうハツに訴えたかった。だが何とか呑み込んだ。いくら胸の奥の熾き火が苦しくとも、それは女に受け止めてもらう言葉ではない。

「謝りゃすむことやないの」

ハツはあっさりと言う。

「そういうもんやない」

「男衆は面倒くさいねえ。意地や名折れやと」

ハツは起きあがると、そばにあった手拭いで首筋の汗を拭いた。闇の中に豊かな乳房の輪郭が浮かんだ。又二郎は荒々しく手を出したが、ハツは又二郎の手を振り払った。もうしんどいわ、と言う。

又二郎はしぶしぶ小袖を着た。

「餞別《せんべつ》というんやないけど、これでも持っていき」

ハツは腰紐をするすると抜くと、小さく結んで又二郎に渡した。

「女の腰のものを持っていると災厄から逃れられるそうや。死んだ亭主は信じてへんかったから、あんな目に遭ったんや」

又二郎はこの奇妙な親切を手にしてちょっと戸惑っていたが、やがてぴんときた。

――死んだ亭主と同じ扱いをしているということやで、婿《むこ》になれという謎やないやろか。

婿になれとは女から言い出せることではない。まして五歳も年上で子持ちとあってはなおさらだろう。そうにちがいない。

又二郎は音のしないように唾《つば》を飲み込んだ。

しかし簡単に婿になれるものでもなかった。相手がハツであることに異存はなかったが、このままハツの家に入れば田地欲しさに後家をたぶらかしたと言われるのは目に見えていたし、そもそも四貫文の商売に怯えている今の自分に、一家を支えるだけの力があるとは思えなかった。

だがそれはそれとして、ハツの好意は嬉しかった。素直に「おおきに」と言った。

「美濃から帰ったら、また来るわ」

月明かりに浮かぶハツの家を目に焼き付けるように見やってから、又二郎は自分のおんぼろ納屋への道を歩き始めた。

三

蒲生野《がもうの》の中心部にその昔、得珍保《とくちんのほ》という延暦寺の荘園があった。

時代が下ると、そのうち下四郷の村人が、隊商を組んで伊勢《いせ》や若狭《わかさ》方面に行って商売するようになった。これを保内商人という。

保内商人はおよそ二百人いた。座をつくって伊勢と近江との交易を独占し、ほかの商人たちが商圏に入り込むのを排除してきた。その排除の仕方も荒々しいもので、伊勢と近江を結ぶ八風街道や千種《ちぐさ》街道を、自分たちの座であつかう商品を持って他の村の商人が通るのを見つけると、実力でその商品を奪い取るようなことまでした。

だから枝村のオトナ衆たちは、東山道が不通になったとき、代わりに伊勢へ抜ける東海道を使って商売をつづけようとは考えなかったのだ。

又二郎たちは空《から》の千駄櫃《せんだびつ》を担いで、保内下四郷のひとつ、蛇溝《へびみぞ》という村の吉右衛門《きちえもん》という商人をたずねた。伊勢へいく商いに足子として使ってもらうためである。そうすれば駄賃を稼げるばかりでなく、途中の関銭も払わなくてすむのだ。

吉右衛門は馬を一頭引いていた。さらに徒歩衆がひとりつき、それに又二郎たち三人が加わった。

今日の荷は麻苧《あさお》だった。三人は十貫目（約三十八キロ）ずつの荷を背負わされ、卯《う》の刻（午前六時）前に出発した。

愛知川《えちがわ》ぞいの道を、しだいに上流へとさかのぼってゆく。時に沢道を歩き、時に深山へ分け入った。峠に近づくと、道は幅三尺（約九十センチ）ほどのけもの道のようになる。途中で馬を引いた隊商に出遭うと、どちらかが馬返しの場まで後退しなければならないこともあった。

十貫目の荷が肩に食い込み、三人はあえぎながら八風峠《とうげ》を越えた。

その夜は、伊勢の国は切畑《きりはた》という里に泊まり、翌日の昼には桑名《くわな》に着いた。商人宿につくと、吉右衛門は「それ、駄賃や」と約束の銭を投げてよこした。ひとり八十文。それが一日半かけて十貫目の荷を担いだ代金だった。

「いただきまする」

と又二郎たちは礼を言わねばならなかった。

次の日、桑名の湊から津島《つしま》への通い船に乗った。

すでに秋らしい日和になっていた。よく晴れた空の下、船は帆に風をうけて明るい海上を進んでいった。

「天気がええと、気分も晴れるのう。商売もうまくいきそうに思えるわ」

五郎三郎は明るい顔をしていた。だが又二郎は寺を出たとき以来、常に胸の熾き火が気になって、明るい気分になったことがない。気のない相槌を打つだけで、物も言わずに海原をにらんでいた。

津島からはまっすぐに美濃を目指して北上した。

日のあるうちに木曾川《きそがわ》べりの黒田《くろだ》の町に入り、宿をとった。さっそく美濃の様子を聞いてみると、戦をしているのは稲葉山《いなばやま》から西のほうだけで、このあたりは平穏なものだという。

「戦よりも木曾川を渡るときは気をつけなされ。川小僧が出るというわさやでね」

翌朝、宿を出るときにおかみが言った。川小僧とは何かときくと、

「舟をひっくり返して旅人に悪さをするいう話やで。これまでも何人かやられとるそうな」

又二郎は鼻で笑った。川小僧などいるわけがないと思っている。

「おう、鹿、よう聞《きい》とくんやで。勝手がちがうかも知らんが、おまえの相手や」

「その川小僧いうのは昼間でも出るんか」

「昼間でも夕方でも、いつでも出るそうやねえ」

鹿はちょっと眉を寄せて考え込んだ。

「まあ、気をつけていくということやな」

又二郎は千駄櫃をひとつ揺すり上げてから歩き出した。

木曾川は川幅も広かったが、それ以上に河畔《かはん》の湿地帯が広かった。

葦《あし》が茂る茫々《ぼうぼう》とした河原の中の、細い道をたどってゆく。一町（約百九メートル）ぐらいか、と思っていたらまちがいだった。二町も三町も歩き、どこに川があるのかと不安になったころに水際が見え、そこに渡し舟があった。

先客は三人で、たくましい若衆だった。

又二郎たち三人が乗ると舟は一杯になり、船頭はすぐに舟を出した。上流で雨でも降ったのか、水は茶色く濁り、流れも速かった。両岸は葦の壁で人家などまるで見えない。魚が跳ねるのか、時々不気味な水音がした。

たしかに化け物でも出そうな川やな、と又二郎は思った。

「川小僧？　おお、出るそうやな。舟をひっくり返して人を溺れさせるそうや」

五郎三郎に話しかけられた若衆の一人が、大声で答える。

五郎三郎は真剣な顔になって水面を見詰めている。又二郎も無言になり、舟べりをつかむ手に力が入った。

だが、なにごともなく舟は対岸へついた。又二郎はちょっと力が抜けた。

夕方には大矢田に着き、市場《いちば》の近くの小十郎という宿に入った。

「なんやら拍子抜けやのう。ここまで何もなしに来たがな。帰り道もこうやとええんやが」

「兄いはやけに心配するんやのう。いつもの兄いらしくないわ」

五郎三郎がまじめな顔で言う。おめえはまだ餓鬼や、と又二郎は胸の中で毒づいた。

四

大矢田の紙市は、三と八のつく日に開かれる。

武儀川《むぎがわ》が、奥美濃の山々を削ってつくった牧谷《まきだに》という谷間に、紙漉《す》きをする村がいくつもあり、そこで漉かれた紙が下流の大矢田の市に出されるのだ。

関《せき》の町から武芸谷《むげだに》へ通ずる街道と、長良川《ながらがわ》中流の町、井《い》の口《くち》から北上してくる街道が合う辻に、市場はあった。市神として祭られている高さ二尺（約六十センチ）ほどの大石を中心にして、店棚を構えた軒の低い家が建ち並んでいる。

聞いていたとおり、ここまでは戦火は及んでいなかった。

紙を扱う店が多いが、それだけではなく米や麦、干し椎茸《しいたけ》といったものを扱っている店もある。干物や塩合物《しおあいもの》（塩魚）といった食品、絹織物、麻の小袖なども見える。売り子ばかりでなく、棚をひやかして歩く百姓や、子供たちの声もまじって、にぎやかなものだった。

百姓たちがとれたばかりの米を売り、その金で塩や干物を買ってゆく。一年のうちに何度もない、現金を手にする日なのだろう。百姓たちは陽気だった。

又二郎のなじみの店では先客があった。

黒衣を着た高齢の僧侶だった。僧侶はあれこれと棚に並べてある紙を見て、一束《そく》（十帖）だけ買っていった。

又二郎は思い切り明るい笑顔を作って、店の主人に声をかけた。

「やよ大将、おひさしぶりでござりまする」

「これは珍しい客じゃわ。やっとかめやのう。ようござった。ここんとこ枝村の人が見えんで、市も寂しいことじゃったわ」

「えろう心配おかけしまして。今日は海を越えてまかりこしてござるわ」

又二郎は如才なく応えた。

紙の値段はたしかに安くなっていた。最上級の中折紙《なかおりがみ》一帖が十五文から二十文だった。以前よりも十文近く安い。

「やっぱり、来てよかったんや」

「一帖で十五文なら一丸《まる》(百帖)で一貫五百文、旅籠《はたご》代もかかるから二丸しか買えんわ。もっと持ってくるべきやったな」

惜しいことだったが、資金不足ははじめからわかっていたことだ。

ともかく二丸の紙を三貫文で買った。これを京へ持っていって売れば一帖は三十五文ほどになるだろう。二丸で七貫文に売れる。それに借りた銭四貫文から紙の代金三貫文を引いたあまりの一貫文を合わせて、手にする銭は八貫文。借銭が四貫文だから、これを返すと差し引きもうけは四貫文。うち二貫文ほどは旅籠代や関銭、祠堂銭の利銭、五郎三郎と鹿への礼金に消えるとしても、二貫文が残る。

二貫文は大金である。

又二郎の家は五反の田地を持っているが、そこから穫れる米は六、七石だった。一石が六百文で売れるとしても、百姓だけでは年間の実入りは四貫文ほどにしかならない。又二郎はたったの十日ほどでその半分を稼ぐことになるのだ。

千駄櫃に一丸ずつの紙を入れて、又二郎たちは来た道をもどることにした。

木曾川の渡し舟には、荷をかたわらにおいた商人が、二人待っていた。又二郎ら三人が舟に乗ると、船頭はすぐ舟を出した。

「天気がええで、助かるのう」

千駄櫃をおろし、笠を脱いで額の汗をぬぐったあと、又二郎は船頭に話しかけた。

「おまえさんらは何の商売かのう」

船頭は返事もせず、陰気な声でたずねた。

「わしらは近江の紙商人や。紙の仕入れをしてきたところや」

「紙か。そりゃあ高値のものやのう。やはり千駄櫃の中には宝があるんやのう」

船頭は櫓《ろ》をあつかって川の中ほどまで来た時、妙なことを言った。

「見ればずいぶんお若いようやが、女房子供はござらっせるかね」

「いまだ独り身じゃわ。やっかいものの分際ではおなごにも好かれん」

「それを聞いて安心したわ」

言うが早いか、船頭は櫓を川の中へほうり投げた。そして舟端に足をかけ、頭から川面に飛び込んだ。

「おい、なにをする」

又二郎は驚いた。船頭のすることが理解できなかった。やがて船頭は上流のほうに頭を出し、葦の茂る岸にむかって泳いでいった。

「いったいなんの真似や」

乗っている五人は、意外な出来事に呆然とするだけだった。

「おい、舟が流されるぞ。だれか櫓を」

気がついた鹿が言った。だが櫓はなくなっている。

「この舟、岸に向かって進んどるがや」

商人が叫んだ。たしかに舟は流れに押されながらも、岸へ向かって波を立てて進んでいる。風のせいなどではなかった。

「川小僧や。川小僧のいたずらや」

五郎三郎が真剣な顔でいった。

「阿呆、そんなもんおるもんか」

「来るときにそんな話を聞いたやろ」

又二郎と五郎三郎が言い合っているうちに背後で「わあ」という声がした。

一瞬遅れて、水音と同時に水飛沫《しぶき》が上がった。二人連れの商人のひとりが川に落ちたのだ。

皆いっせいに中腰になり、水飛沫の上がったところを見た。

「動くやねえ。舟が揺れる」

鋭い声を出したのは鹿だった。鹿は左手で舟端をしっかりとつかみ、右手に長巻を構えて水面をにらんでいる。鹿はその鋭い目で何かを見たのだ。

「川小僧やったか」

そうきいた途端、又二郎はぎくりとした。

右手に冷たい感触があった。

見ると、川面から長い手が伸びて、又二郎の右手をつかんでいた。

又二郎がぎゃあと叫んだのと、もうひとりの商人が背中から川に落ちるのとは、ほとんど同時だった。

又二郎も強い力で腕を引っ張られて、舟端から半身が水の上に出た。

つんと水の匂いがした。

その右手の先の水中に、真っ黒に日焼けした生き物がいた。それを見た途端、

「お、お助けえーっ」

と大声で叫んでしまった。

——おや？　まてよ。

よく見ると、その生き物は水中で歪んで見えるが、白い褌《ふんどし》をしているではないか。

又二郎はその刹那にすべてを悟った。

「盗人じゃ。川小僧なんぞであるもんか。しばいたれ。くらわしたれ！」

必死で右手を振りほどくと、脇差を抜いた。舟端に手をかけて舟に上がってこようとする男の顔を、その脇差で突いた。当たらなかったが、男はびっくりした顔をして水中に消えた。

舟の中を振り返ると、舟端から上がってこようとしただれかを斬ったのか、鹿が手にした長巻と舟端に血がついていた。五郎三郎も脇差を抜いて水面を見つめていた。

襲撃は止んだ。少しはなれたところに浮かびあがった五人の男たちが、岸に向かって泳いでいくのが見えた。ひとりの頭は赤く染まっている。

「あれが川小僧の正体か。ひでえ悪さをするやつらや」

五郎三郎が言った。袖がぐっしょりと濡れている。すんでのところで川に引き込まれるところだったという。

「堂々と襲ったのでは旅人が来なくなるやろ。川小僧のいたずらということにしとけば、だれも真剣にはうけとらぬ。襲っても、またカモが来るんや」

あたりに目を配りながら又二郎は言った。おそらく川筋に住む無法者だろう。金目のものを持った商人が渡し舟に乗ったところを襲っているのだ。

しばらく舟は流されるままになっていた。鹿が持っていた長巻を櫂《かい》のかわりにして漕いでみたが、ほとんど進まない。

「まあ、そのうちに岸に着くやろ。海まで流されることはないわ」

「いや、その前に」

鹿が上流のほうを指差しながら言った。

見ると、数人の乗った舟がこちらに近づいてくるところだった。

盗人たちはあきらめていないのだ。

「しつこいやつらやな」

又二郎は舌打ちをした。舟には弓ひと張のほか、長槍を持った者が二人、それに熊手らしきものを持った男も乗っている。

「やつら、わしらを生かしておいてはまずいと思っておるんやないかな」

五郎三郎がぽつりと言った。

「盗人が襲うと知ったら、だれもこの渡しを使わんやろ」

口を封じるためには川底に沈めてしまえばよい。そんな考えが又二郎の頭をよぎった。

「伏せろ！」

鹿が叫んだ。三人は舟底に伏せた。ひょう、と風を切って矢が頭上を飛んでいった。

「むこうさんは本気やないか。こらあかんかも知れんな」

「阿呆、何を言うんや。二貫文の儲けと心中できるか。わしはどうしても生きて帰るぞ」

「そないなことというても、わしらは長巻と脇差しかあらへんよって」

「石はないか。わしの腕前を見せたる」

だが舟の中に石などはない。むこうには弓という飛び道具があるのに、こちらには投げる石すらないのだ。

又二郎は自分の千駄櫃を探った。投げられるものはないか。

そうしているうちにも盗人の舟は迫ってくる。ひやひやしながら商人たちの荷を調べた。大徳利が何本も入っていた。酒かと思ったが、匂いがちがった。

荏胡麻油《えごまあぶら》だ。

灯油として使われている油である。二人は油売りだったらしい。

「兄い。これじゃ」

五郎三郎が石を差し出してきた。あっと思った。火打ち石だ。野宿や自炊することもあるから持っているのである。又二郎だって持っている。探せばあるものではないか。

「わかった。こうせえ」

追い詰められれば知恵が湧いてくるものだった。又二郎は五郎三郎に大徳利の栓をすべて抜くように命じた。そして自分の持っている紙で栓を作り、それをそのうちの一本に詰めさせた。

舟はどんどん近づいてきた。七間（約十二・六メートル）ほどに迫ったとき、矢が飛んできた。舟底に伏せていても、立ち上がった射手からは見えるのだろう。

矢は舟べりに突き刺さって揺れた。さらにもう一本が五郎三郎の目の前に突き刺さった。一瞬置いて、五郎三郎が泣き声のような悲鳴を上げた。

「これしきのことで、怖じ気づくな」

「そんなこと言うたかて。ひ、ひいっ」

目つきがおかしくなっている。

五郎三郎にかまわず、又二郎は舟べりから目だけを出して、盗人の舟を見た。

射手はゆっくりと矢を腰のうつぼから抜きとろうとしている。

又二郎は立ち上がり、矢をつがえようとしている男めがけて火打ち石を投げつけた。

石は見事に男の小鬢《こびん》にあたり、男は崩れ落ちた。弓が川に投げ出され、舟の中は大騒ぎになった。

あわてている盗人の舟に向かって、又二郎は今度は大徳利を投げた。最初のひとつははずれて川に落ち、川面に水飛沫を上げただけだったが、ふたつめは首尾よく舟の中に入った。三本目と四本目も大きな弧を描いて盗人の舟に落ちていった。陶器の割れる音がした。

「おい、まだ火はつかんのか」

五郎三郎が火打ち石を打ち合わせているが、手が震えてうまくいかないようだった。

舟は五間（約九メートル）ほどに迫っている。長槍を構えた男の恐ろしい形相《ぎょうそう》がすぐそこに見えた。

「野郎ら、親方のお礼は存分にさせてもらうでな」

「てめえら、三人ともなで斬りじゃ。魚の餌にしたるわ」

唾まで飛んでくるようだった。

弓を持った男は、どうやら親方だったらしい。仲間を斬られ親方を倒されて盗人たちは怒り狂っていた。

「まだか。おい、まだか」

又二郎は五郎三郎をつついた。もうすぐ槍が届く距離になる。五郎三郎は汗みどろになって火をつけようとしていた。鹿は長巻を構えて盗人たちを睨みつけている。

「ついた。ついたで」

五郎三郎がいつになく高い声で叫んだ。

商売ものの紙の先に油を沁み込ませ、そのうえで堅く巻いて棒にし、大徳利の栓とした。その栓にようやく火が点《つ》いたのだ。

三間の近くまできた盗人の舟も又二郎の意図に気づいたのか、叫んでいた声がやんだ。

「ほうれ、ええもんあげまひょ」

火の点いた大徳利は三間先の盗人の舟に吸い込まれていった。

すぐに火の手が上がり、見る間に舟は火炎と黒煙をあげる火皿と化した。盗人たちは悲鳴を上げて川へ飛び込んだ。

その間に、又二郎たちは両手を櫂のかわりにして、懸命に岸へと漕ぎむかった。

五

桑名の湊に着いた時には、日は暮れかかっていた。大矢田を出てから二日目のことだった。

「今晩は桑名泊りやな」

五郎三郎はにやにやしながら言った。

湊町である桑名には旅籠はもちろん、飲み屋や女郎屋までそろっている。五郎三郎はここで安い女郎でも買う気でいるのだ。

「桑名はあぶねえ。少し歩いてそのへんに野宿や」

又二郎は厳しい口調で言った。

「そんな殺生《せっしょう》な。危ない目に遭《お》うたんや。ちょっとぐらい楽しようや」

「保内の業突張りどもにあってみい。たちまち騒ぎになるぞ。それくらい分からんか」

桑名は保内商人の根城でもある。町中には保内商人の目が光っているだろう。そんな中を紙を担いで歩き回ったら、どうなるか。

「保内のやつら、八風街道を紙を担いで行き来するのは自分たちだけにしか出来んことやと言うとる。見つかったらしまいや。命までは取られんやろが、紙は取り上げられるやろ」

「街道なんぞ、だれのものでもないわ。なんで保内のやつらだけが通れるんや」

「とにかく、見つからんことが肝心や。保内のやつらと喧嘩するために美濃まで行ってきたんやない。そこを間違えるな」

又二郎はいつになく厳しい口調で決め付けた。

だが五郎三郎も、どうしても女郎部屋にあがりたいと譲らなかった。

それまでの五郎三郎とは人が変わったような頑なさだった。次第に激してきて、血走った目が釣りあがり、顔つきまで変わってきた。

――こいつはおかしくなってるな。

又二郎は内心ぞっとした。木曾川で襲われて以来、どうも様子が変なのだ。

その場は鹿が割って入り、五郎三郎を脅しつけて、街道から少し外れた破れ寺に泊まることを承諾させた。

翌朝、八風越えにかかった。

千駄櫃は寺に打ち捨ててきた。かわりに百姓が使う背負子《しょいこ》と大根を一束買った。

まず紙を隠さねばならない。筵にくるんで大根の束の中に隠し、背負子に付けた。鹿も腹巻を背負子に結わえつけた。長巻は目釘をはずし、刃と柄をあわせて筵で巻いた。百姓がみやげの野菜でも持って、親戚をたずねるために峠越えをしている、とでも見えれば上々である。

一度、馬十三頭を連れた隊商に出遭ったが、なにごともなくやり過ごした。あとはだれにも出会わず、昼前には峠の頂上に着いていた。

峠には早くも冬の兆しが見えていた。風は冷たく、虫の声も聞こえなかった。

「まずは無事に来たな」

「ここからや。油断ならん」

鹿がぼそりと言う。

三人は見晴らしのよい場所を選んで腰を下ろし、竹筒の水を飲んだ。群青色《ぐんじょういろ》の空には細い雲が流れていた。枯れ葉で色鮮やかに染まった釈迦《しゃか》ヶ岳《たけ》の山肌を、雲の影がゆっくりと舐《な》めていった。

「さて、どの道をとるかやな」

又二郎は鹿に話しかけた。

これからは下り道になる。一里半（約六キロ）ほどいくと追分《おいわけ》があり、西へ向かうのが本街道だが、北へ向かう脇道もあった。京を目指すのであれば本街道を行くのが一番だ。ただし本街道には関所もあるし、保内へ通じている。脇道はうんと遠回りになるが、枝村に近いところに出る。

「ま、脇街道をいくのがええんやろな。遠回りやが、紙が腐るわけやない」

「そや。無理はせんほうがええ」

話が決まり、鹿が先頭にたった。又二郎たちはゆるゆると腰を上げた。危険なのはあと一里あまりだ。そこさえすぎれば、もう京まで安心していい。

一刻ほど下ると、杠葉尾《ゆずりお》という山中の集落に着いた。

谷川沿いに百姓家が並び、その端に茶屋がある。隊商が着いたところなのか、茶屋には大勢の人馬が休んでいた。

ふたりがその前を通りすぎようとしたとき、

「五郎三郎やないか」

と茶屋の中から声がかかった。

だが五郎三郎は心ここにない様子で、下を向いたまま声に応えずに行ってしまった。

うしろにいた又二郎は、心臓が締めつけられるような気分になった。声の主は、藤兵衛《とうべえ》という保内の馬持ち衆だった。以前、足子として雇ってもらったことがあって、たがいに顔も見知っているのだ。

この街道を牛耳っている保内商人である。少なくとも挨拶はすべきだ。又二郎はあわてて藤兵衛の前へゆき、腰をかがめて、

「これは藤兵衛さま、おひさしぶりで」

と挨拶した。

藤兵衛は、馬と大勢の足子を連れて桑名へ向かうところのようだっ
た。手下の前で声を掛けた者に無視されて、むっとした顔をしていた。

又二郎の胸に不安が過《よ》ぎった。

「何やそんななりで。足子にしては身軽やな」

藤兵衛は不機嫌そうだ。

「いや、今日は桑名の親戚のところへ寄った帰りで。足子稼ぎとは
ちがいまする」

「桑名の親戚？　枝村のおまえがか」

藤兵衛の顔に不審の色が表れた。又二郎の胃の腑が縮みあがった。

「へえ、さようで。ちょっと先を急ぐで、失礼しますわ」

まずいとは思いつつも、こみ上げてくる恐怖には勝てなかった。又二郎はそそくさとその男から離れた。

「又二郎、待て」

藤兵衛から声がかかった。又二郎は振り向いた。

「おまえもよう存じておるやろな。八風街道は保内の者以外は持って通れん品がある。おまえのその背中のものはなんや。ちょっとそこに開けてみい」

そういいながら又二郎のほうに向かってくる。その顔は笑っていない。

「なに、みやげにもらった大根でござるわ。見せるようなもんではないよって」

又二郎は笑顔で答えながら歩きつづけた。

「だから、見せろというとる」

だれが見せるもんか、と腹の中で舌を出しながら、声だけはあくまで下手に出ていた。

「ごめんなんしょ、兄が心配して待っておるで。また寄せてもらいますで」

何度も頭を下げつつ、足はしっかりと茶屋から離れていった。

「おい、待たんか。これ、あの男を捕まえるんや」

その声を聞いて又二郎は一散に走り出した。

五郎三郎も泡を食って逃げた。坂道だから一度走り出すと勢いがつく。背負子が背中で躍った。

うしろを見ると、十人近い人数が追いかけてきていた。又二郎は懸命に走った。

すぐに先行した鹿に追いついた。振り向いた鹿は驚いた顔をしていたが、後を追ってくる人数を見て事情を察したのか、これも駆け出した。

三人が逃げる。十人が追う。

追分まではまだ十町（約一・一キロ）はある。背負子を背負っていてはいずれは追いつかれる。今でも三十間（約五十四メートル）ほどしか離れていないのだ。

「一丁、相手してやるわ」

先頭を走っていた鹿がそういって止まった。

「やめよ。逃げるんや」

「こういうときのために雇われておるのや。なんとかする。早く行け」

鹿は手で前を指さした。迷っている暇はなかった。又二郎と五郎三郎はまた駆け出した。

五町ほども走っただろうか。振り向くと追手はもう見えなかった。鹿が奮戦して時間を稼いでくれているのだろう。

道は急な下りに差しかかり、脛の回転はいやでも速くなった。

「おわっ」

山道で前を走る五郎三郎が転んだ。沢水の滲《にじ》んだ岩に足を取られたのだ。

「早く起きよ。来るぞ」

「あかん。膝を打ったみたいや」

五郎三郎は顔をしかめている。それでも走ろうとするが、右足が曲がらないようで、二、三歩歩いては倒れてしまう。

又二郎は歯噛みした。あと五町も走れば追分だった。本街道さえ離れれば、追いかけられずにすむのだ。だが五郎三郎を背負っては、とても走れない。

どうすればいいのか。

「兄い、置いてかんでくれ。やつら、ひどいことをするに決まっとる」

五郎三郎が泣き顔で哀願する。涙を浮かべた顔には力も張りもない。

木曾川で襲われて以来おかしかったが、ついに気持ちが萎《な》えてしまったようだった。

又二郎は決心した。ここで迎え撃つしかない。だがどうすればいいのか。

すがる思いであたりを見回した。

片方は沢につづく崖、一方は山肌で、逃げ場所はない。

いい手だてなど、なにも思い浮かばない。

——あせるな、きっと手だてはある。

さらにぐるりと周囲を見回した。

山の中で、うまく逃げられるような場所ではない。空が見えないほど伸びた木の枝。足の下を流れる川……。

五郎三郎をつれていては、逃げも隠れもできそうにない。ついで背負ってきた荷を見た。背負子の荷も、どこかに隠せるような小さなものではない。いそいで荷物の中を調べた。だがここで役に立ちそうなものはない。保内商人を傷つけるわけにはいかないから、木曾川で襲われたときには役に立った火打ち石も、今度は用なしだ。あきらめようかと思いながら、なにげなく懐を探ると、柔らかいものに触れた。

ハッにもらった、お守りの腰紐だった。

――紐か……。

見ているうちに、ある手だてが又二郎の頭の中で形になった。

「やってみるか」

又二郎は背負子を引き寄せた。

追手の息遣いが聞こえてくるのを待って、背負子を崖に蹴り落とした。

背負子は崖を落ちて行き、岩がごろごろしている川原に転がった。

放心したようにへたり込んでいる又二郎と五郎三郎に追手が殺到した。鹿がどういう方法を使ったのか、追手は五人に減っていた。

「手間かけやがって。ようも逃げてくれたな」

「そんな恐ろしい顔で追いかけてくれば、だれでも逃げるわい」

「うるせえ」

足が飛んできた。又二郎は腕で頭をかばい、丸くなって腹をかばった。背中に腕に、重い打撃が加えられた。

「何なさる。何ゆえの打擲《ちょうちゃく》じゃ。わしは何もしとらん」

「何もしておらんならなぜ逃げた。おおかた座の扱いものを持っておるんやろ」

「そんなものは持っとらん。調べてみればいい」

「調べるもなにも、崖の下やないか」

「ひろってきなされ」

五人はぶつぶつ言っていたが、一人が崖を降り、背負子をひろってもどってきた。

「これは……」

「……ふうむ」

中をあらためた五人の声が次第に小さくなっていった。

「それご覧じろ。中は大根だけやろ。わしはうそを言ってはおらん」

又二郎はここぞと声を張りあげた。

五人は大根を不思議そうに見詰めている。

「わしはよう憶えとるぞ。保内の衆が八風越えを禁じたのは麻苧、紙、木綿、土器《かわらけ》、塩、曲げ物、油草、わかめ、鳥、海苔、荒布《あらめ》、魚、伊勢布の十三の品や。大根は入っておらん。なあ、そうやろ」

しばらく沈黙があった。

男たちは再び背負子をひっくり返し、又二郎と五郎三郎の身体を乱暴に探った。そして周囲を歩き回りはじめた。まだ疑いを解いていないのだ。

「どこかに隠したとも考えられるでな。しばし待ってもらおう」

又二郎は恐ろしさに押し潰されそうな時間に耐えた。

やがて男たちの動きが止まった。あきらめたらしい。

「又二郎とやら。どうやらわしらが間違ったようや。しかしおまえらも急に逃げ出したんや。誤解させるだけのことはしておるでな。これで相論などに持ち込もうと思わんほうがええぞ。とくにこれからも保内の足子として働こうと思ったらな。それだけは言うておく」

追手の頭領らしい男がそう言った。又二郎は返事もしなかった。

保内の衆の姿が完全に見えなくなるまで、又二郎はじっとしていた。

そしてもう大丈夫と思えるようになったとき、やれやれと言って大の字に寝転がった。

寝転がった顔の上にはコナラの大木の枝が伸びていて、そこに紙の荷が二つぶらさがっていた。

追い詰められた又二郎は、腰紐の両端に紙の荷を結びつけ、それをかついで木に登ると、枝に絡みつかせたのだ。

まだ落ちていない豊かな葉は、筵で包んだ紙荷を探索の視線から覆い隠してくれた。その上、保内の衆は河原に落とした背負子に気を取られ、頭の上など見ようともしなかったから、見つからないのも当然だった。

女は不思議な力を持っている、と又二郎は思った。まさかこういうことを予見して腰紐をくれたわけではないだろうが、結果的にはハッに護られたことになる。

起き上がると紙荷を枝から下ろし、散らばっている荷物をまとめて背負った。それからまだ泣きじゃくっている五郎三郎に肩を貸してやり、歩きはじめた。

鹿のことが心配だったが、おそらく保内の者たちを山中に引き込んで迷わせたのだろう。鹿という渾名のとおり、いまでも山の中を駆け回っているのかもしれない。

――あやつにも礼を言わぬと。よくやってくれたわ。

鹿が時間稼ぎをしてくれたから、無事ですんだのだ。

――それにしても……。

あらためてハツの顔を思い浮かべてみた。

ハツの家に入って土にまみれて暮らすのも悪くないと思いはじめている自分に気がついた。

一人では生き難い世の中も、二人なら何とかなるのかもしれない。

そう考えると、胸の底の熾き火も鎮まっていくようだった。

「大丈夫か」

五郎三郎をいたわりつつ、又二郎はゆっくりと山道を下って行った。

一所懸命

一

福光右京亮《ふくみつうきょうのすけ》の館にオトナ百姓（村の有力百姓）の惣兵衛《そうべえ》がたずねてきたのは、盆の送り火を鳥羽川《とばがわ》に流した翌日だった。

「何の用や」

見入っていた井水《いすい》（用水路）の絵図面から顔をあげ、右京亮がたずねると、

「旦那様にお話ししたいことがあるとしか言うておりませぬが、おそらく水損による免（年貢減免）の話かと」

家人《けにん》の又六《またろく》は分厚い上体を起こしてこたえた。右京亮は小さくうな

ずくと、

「ならば待たせておけ。あとで行くわ」

と言って絵図面に目をもどした。

右京亮はここ、美濃《みの》の国の下福光郷《しもふくみつごう》を領地とする福光家の当主である。二十二歳になったこの春に家督を継いだばかりだった。

福光家は大方の国侍がそうであるように、美濃国主である土岐《とき》家の連枝で、右京亮から数えて四代前の五郎国盛《くにもり》のころからここ下福光郷に住みつき、地名をとって福光と名乗っていた。

天文《てんぶん》十三年（一五四四年）七月初旬、美濃の国は激しい暴風雨に襲われた。

九日には長良川《ながらがわ》や小河川が溢れて、いたるところで洪水となった。

右京亮の館も出水に襲われ、床下すれすれまで水が上がってきたほどだった。

明けて十日になると打って変わって空は青く抜け上がったが、所々の水はその後四、五日も引かなかった。

右京亮は十日の早朝に館の大門の上にある櫓《やぐら》から見た光景を鮮明に覚えている。

まず目に飛び込んだのは、一面の泥色だった。青々としていた田はすべて泥水の中に沈んでいた。その上、田のへりに建っている小百姓の家は、茶色の水に半分沈んでいたし、百々《どど》ヶ峰《みね》の麓《ふもと》にあるオトナ百姓の家でさえ、壁に水が漬《つ》いた跡があった。郷全体が泥水の中に漬かったのだ。

水害は毎年のように起きるが、これほどひどいものは天文三年の「中屋切《なかやぎ》れ」といわれる大洪水以来だった。

下福光郷では右京亮の父の妙賢《みようけん》の代から鳥羽川から井水を引くことをはじめ、新田を開いて次第に良田を増やしつつあったのに、井水も、せっかく開いた新田もまた泥に埋まり、掘り返さねばならなくなっている。そのため右京亮は井水の修理箇所をしらべていたのだ。

水が引いた今、心配なのは飢饉《ききん》である。平年作の年ですら、端境期《はざかいき》には飢えて倒れる百姓が出てくる。稲の多くが水をかぶってしまった今年は、米の出来はいつもの半作にもならないだろう。

オトナ百姓たちはぼつぼつと水損の復旧にかかり始めていた。しかし小百姓はそれどころではなく、その日の糧を得るために山へ入って草の実をとったり、泥をかぶった稲をあきらめて、早く芽がでる蕪《かぶ》の種を蒔《ま》いたりしているような按配だった。冬はなんとか越しても、麦がとれる六月までに飢え死にする百姓が出るのはほぼ確実だった。領主としてもうかうかと過ごしてはいられない。

小半刻《こはんとき》ののち、右京亮は庭に面する広間にまわった。

縁側に出ると、庭に土下座している惣兵衛の頭に浴びせるように声をかけた。

「なんじゃ。えらく早いな」

普通、年貢減免の交渉は稲の刈り入れが終わってから行われる。まだ早稲《わせ》の刈り入れも終わっていないのに何ごとだというつもりだった。

「……へえ。お殿さまにお願いがござる」

「年貢は少しは減らしてやるわ。しかし棟別銭《むなべつせん》はいかんぞ。どうにもならん。稲葉山《いなばやま》からなにか言ってくりゃ別だがな」

右京亮は一気に言った。百姓たちは何につけても年貢の減免を言い出す。今年はたしかに無理からぬ面があるが、そうそう百姓の言い分ばかりを聞いていては右京亮の方が干上がる。

それに、年貢は領主ばかりが取るものではない。棟別銭は国主のものだし、普請や作事《さくじ》に農民を使役する公事《くじ》も、国主や守護代から割当てがくる。そのところは右京亮の裁量では減らすことはできない。

「…………」

惣兵衛は顔を上げず、だまったままでいる。

——年貢の話ではないのか。

少し安心しながら言葉を継いだ。

「ちがうのか。何じゃ。申せ」

面《おもて》を上げた惣兵衛は、

「殿さまはご存知やろうけど、尾張《おわり》の衆が攻めてくるそうな」

と意外なことを言った。

「阿呆なことを言うな。なんで尾張が来るんじゃ。どこかの痴《し》れ者《もの》が世迷《よまよ》い言《ごと》を抜かしておるのじゃわ」

と言った途端、近ごろ国主の土岐どのから近江《おうみ》や尾張の国境《くにざかい》の地侍にあてて、盛んに書状が出されていることを思い出した。その時は聞き流していたが、それが他国からの侵攻に対する備えの指示だということは、おおいにあり得ることである。

「けれど、市《いち》では評判でござる。尾張のお侍衆は美濃に討ち入りやと、矢を作るやら馬を肥やすやら……」

「……尾張の忍びどもが言い触らしておるだけじゃろうが」

「なんの。市によくござる商人で、伊勢《いせ》の者、近江の者もそう言っておりまする。近江の者は越前《えちぜん》からも攻めてくると言っておるげな」

「…………」

「それで、尾張が攻めてきたら、お館か、鷺山《さぎやま》のお城にかくまってもらえるものやら、みんな心配しておりまする。それゆえ、お殿さまにおたずねする次第で」

村が戦場《いくさば》となりそうな時、城に百姓をかくまうのは、領主の義務である。もっとも鷺山の城は福光家のものではなく、国主土岐家の持ち城であったが、百姓たちとしては右京亮に願い出るほか手段がない。

「合戦になりゃ、そりゃそうじゃ。けれど、戦《いくさ》になんぞなりゃせんぞ。尾張がここまで攻め寄せて来ることなど、あるものか」

「なにやら尾張の大将は織田弾正忠《おだだんじょうのじょう》ゆうて、どえらく強い大将やそうな。尾張の国中からいっぱいお侍を集めなさるそうやで、油断しておるとえらい目に遭《あ》うとか」

「たわけ！　百姓の言うことか」

右京亮は自分の父親よりも年上の男をどなりつけた。惣兵衛は平伏した。

いずれにしろ、うわさ話を認めるわけにはいかなかった。百姓が動揺し、野良仕事をほうり出して逃散《ちょうさん》したりしたら一大事だ。

「そんな心配をしておる時ではなかろう。水がひいたら、すぐに稲刈りにかからぬと、残った稲まで腐ってしまうぞ」

そう言い捨てて、まだ何か話したそうにしている惣兵衛を無視し、右京亮は奥に入った。

気がつくと胸が高鳴っていた。尾張から討ち入りしてくるというのが本当ならば、恐ろしいことだった。

他国の軍勢が侵入してくれば、どのようなひどいことになるか。米や麦を盗む、女を犯すぐらいは当たり前のことだ。盗むものがなければ、刈り入れ前の稲を刈ったり、麦や野菜を踏みつけて目茶苦茶にするなどの嫌がらせをする。負けて捕らえられた者は、奴《やっこ》として売り飛ばされるし、軍勢が去る前には家を焼いたり、井戸に糞を撒いたりする。それは右京亮自身も合戦に参加すればやってきたことだった。

だが本当に五里（約二十キロ）も向うの隣の国から、はるばると木《き》曾《そ》の大河を越えて攻め寄せてくるのだろうか。

美濃の国は、守護である土岐家の家督争いが原因で乱れてはいるが、美濃八千騎と言われた地侍集団は健在である。その美濃を攻めるためには、万余の軍勢を率いてこなければなるまい。誰がそんな大軍勢を催すことができるのか。そう考えると、他国から討ち入りとは、にわかには信じられないことだった。

しかし火のないところに煙は立たない。確かめる必要があるだろう。

胃の底がちりちりと火で炙《あぶ》られるような気がして、右京亮は歩きながら大きく溜め息をついた。洪水だけでなく戦乱まで襲ってくるとは、何という運の悪さだろうか。

考えながら廊下を渡っていると、奥の部屋から細い泣き声が聞こえた。

ちょっと迷ってから、戸を開けた。

赤ん坊に、妻のねいが添い寝をしている。昨日の昼前に生まれたばかりの赤ん坊だった。

「どうじゃ、具合は」

「よっぽどええですわなも」

そう言うねいだが、目は赤く、頬も上気し、一目で熱があることがわかった。

右京亮は枕元にあぐらをかき、ねいの額にそっと手を当てた。やはり熱い。

「だれか乳母《うば》を頼むか」

ねいはそれには答えず、胸元をくつろげると赤ん坊を抱き、乳首をふくませた。

赤ん坊は目をつぶったまま、うまうまと口を動かしていたが、すぐにまた泣き出した。まだ乳は出ないようだった。

哀しいような嬉しいような、おかしな気分のまま、右京亮は小さな命を見ていた。

こんな世に生まれてくるとは不幸だの、と声には出さずに赤ん坊に言いかける一方で、守ってやらねばという気持ちがどこからか滲《にじ》み出てきて、右京亮の胸を一杯にした。

赤ん坊は全身から絞り出すような泣き声をあげている。

右京亮にとっては初めての子供で、しかも男だった。育つ見込みがあるようならば、太郎と名付けようと思った。それは福光家の跡継ぎであることを意味する。

薄暗い部屋を出たときには、不思議と元気になっていた。

「死ぬやつは死にゃあいいんや。わしは生き残るぞ」

とひとり言を言いつつ土間へおり、家人たちに外出の用意を命じた。

二

寄親《よりおや》の日根野《ひねの》九郎左衛門の屋敷は、福光郷のすぐ隣の正木郷《まさきごう》にある。

日根野氏は美濃の重臣である。福光家では、父妙賢の代から寄子《よりこ》として日根野氏の指揮下に入っていた。寄親は合戦の時は指図をあおぐべき者となるが、合戦のことだけでなく、何かと相談を持ちかける相手でもある。

「尾張と越前から討ち入りじゃと、うわさが飛んでいるようで」

「ほう、そうか」

日根野九郎左衛門は驚きもしない。

「大水《おおみず》につづいて今度は合戦じゃと、百姓どもは怯《おび》えております。なにか手をうたぬといかんかと、思っておりますが」

右京亮はそんな言い方で九郎左衛門の反応をみた。

「次郎どのは、美濃へ帰りたいばっかりやろうでな」

九郎左衛門はぼそりと言った。

「次郎どのが尾張に頼み勢をなされたか」

思わず声が大きくなった。

「越前の朝倉《あさくら》に泣きついて、朝倉が尾張を引き込んでおるのやろ」

なるほど、と右京亮は思った。それは十分に考えられることだ。

次郎殿とは、前国主の土岐《とき》頼武《よりたけ》の子である。叔父《おじ》の頼芸《よりなり》との相続争いに敗れて美濃を追い出され、いまは妻の実家である越前の朝倉氏を頼っている。朝倉氏や織田氏に、美濃の領地をいくらか割譲するから、兵を出して頼芸を追い落としてくれと言えば、両者ともいやとは言うまい。

「すると、うわさはまことでござるかな」

「尾張はもとから美濃を狙《ねら》っておる。次郎殿をかついで、喜んでおるじゃろう。まちがいなく討ち入りしてくるわ」

まちがいない、と聞いて右京亮はまたおどろいた。

「それは、えらいことで」

「おうよ。大合戦になるぞ。支度《したく》をよくしておかぬと、首がなくなるぞ」

九郎左衛門は不敵な笑いを浮かべた。戦場の場数を踏み、猛将と評判の男は、この事態をどこか楽しんでいるように見えた。

「尾張も越前も、まず自分のところの稲刈りが終わってからじゃろう。九月かな。それまでに支度しておけ」

やはり攻めてくるのか。

暗澹《あんたん》として日根野屋敷を出た。帰る道々、そもそも稲葉山殿が悪いのだ、と思った。

稲葉山城の主は斎藤左近大夫利政《さいとうさこんのたいふとしまさ》である。

利政の父親は新左衛門尉《しんざえもんのじょう》といい、もとは京から流れてきた油売りだったという。

その新左衛門尉は、守護代斎藤家の家臣の長井家に仕えて数々の武功をたて、利政が家督を継ぐ前には長井の姓をもらい、斎藤家の重臣にまで立身していた。

新左衛門尉が病死したあとを継いだ利政は、主である長井の宗家を倒し、さらに長井の主筋である斎藤家が断絶したのをよいことに、斎藤家を継いで、美濃の守護代となったのである。

いま、美濃の守護は土岐頼芸だが、斎藤利政に兄頼武を追放してもらい、ようやく守護の地位を得たのだから、実力はない。稲葉山殿こと斎藤利政が事実上の美濃の主なのだ。

その追放された土岐頼武の子の次郎は、大桑《おおが》や筵田《むしろだ》の城にこもって抵抗していたが、昨年、利政に攻められて越前に追われた。その次郎殿が復帰を狙って越前や尾張に助力を頼み、この秋にも美濃へ攻め入ってくるというのだ。

斎藤勢が大桑を攻めたときには、右京亮も斎藤の軍勢に加わっていた。だから言えた義理ではないのだが、稲葉山殿がいなければ美濃もここまでは乱れず、したがって尾張も攻めてこないはずだと思うのだ。

早く静かな世にならぬものか、と右京亮は思う。合戦の経験はいくらか積んでいるが、打物とっての取り合いなど今でも想像するだけで身震いがする。隣で笑っていた朋輩が一刻の後には血まみれの胴体だけになるのが、合戦というものだ。

右京亮の望みは、井水をいま以上に広げ、新田をもっと開いて一粒でも多くの米を収穫することだけだった。そうして土と百姓を相手に静かに暮らして行きたいと思っていた。

だが、そんな願いは許されそうになかった。

三

「馬乗り二人は、叔父貴とわしじゃ。槍一本もよい。又六に、叔父貴の方は次郎兵衛《じろべえ》を連れてくるじゃろ。指物《さしもの》持ちと弓持ちは誰にするのかな。ほかに徒歩立ち《かちだ》二人じゃが、これを決めねばならん」

その晩、右京亮と父の妙賢、それに叔父の左馬助《さまのすけ》の三人で、灯油の心細い明りを頼りに評定《ひょうじょう》をした。一族として、まずは合戦の支度という大仕事をやりおおせなければならない。

妙賢は右京亮に家督を譲ってから、頭を丸めて朝夕に念仏をあげる暮らしをしている。

とはいえ法体《ほったい》にしたのは名前と外見だけで、いまでも泥鰌《どじょう》が好物で、時には下女を隠居部屋へ連れ込んでいる。家政の実権も握ったままである。年のせいで合戦には出られなくなったが、まだまだ干からびてはいない。

この年になって弟ができてはかなわぬと思い、右京亮は、泥鰌を売りにくる子供たちを見つけては追い返しているほどだ。

その横にすわっている叔父は、妙賢より一回り年下の異母弟で、顎《あご》が張って四角い妙賢とは反対に、細長い顔をしている。体つきも中背で肩幅の広い妙賢と対照的に身長が高く、痩せていた。

右京亮自身は五人兄弟の二番目だが、幼いうちに死んだ弟が一人いたほかは姉妹で、いまではみな他家に嫁いでいる。

福光の家は分家が少なく、頼りになる親戚といえばこの叔父ぐらいなものだった。それなのにこの叔父は、合戦や災害の際にはあまり力にはならない。

盂蘭盆会《うらぼんえ》には村総出で猿楽《さるがく》を興行するが、叔父はオトナ百姓に混じって支度に走り回り、いつも猿楽の重要な役をつとめる。そんなふうに、祭りの時には目立ちすぎるぐらいなのに、合戦や大水が出たときなど、肝心な時になると、どこにいるのかわからなくなる。

「指物持ちは五郎左衛門じゃろ。弓持ちは藤左衛門や。それでいかんのか」

妙賢が言う。二人ともオトナ百姓で、妙賢が合戦に出た時はいつも側に仕えていた。

そろえなければならない人数と装備は、本領安堵《あんど》と引き替えに稲葉山から通達されていた。

福光家の場合は騎馬侍二騎、槍足軽二人、指物持ち一人、弓持ち一人、徒歩立ち二人の合計八人を出さねばならない。軍律は厳しく、人数をそろえなければ領地は没収され、その身は追放される。

「五郎左衛門は五月に死んでおる。せがれもおらぬゆえ、あそこの家は潰《つぶ》れておるわ。藤左衛門はそのままでいいが、五郎左衛門のかわりの指物持ちを一人誰か見つけんと」

叔父が答えた。

「なら七右衛門《しちえもん》はどうかな。若いし、働きもよさそうじゃが。出陣すれば年貢を半分にすると言えば、いやとは言わんじゃろ」

妙賢はすらりと言う。日頃から村の若者をよく見ているのだ。

「半分ですむかや。藤左衛門はなしにしておろうに」

「あれは代々の弓持ちじゃでのう。七右衛門もよくつとめりゃ、なしにしてやるわ」

「市十《いちじゅう》はどうかな。大桑の合戦ではよくやったが」

「あやつ、あの合戦で指が三本になってしまったゆえ、太刀《たち》が持てぬわ」

「ならば弥次衛門《やじえもん》は？」

「やつもいかん。もう勘弁してくれと言うておる。年じゃし、もう合戦がおそがい（こわい）そうな」

「市十のところの坊主が大きくなっておる。丈は六尺（約百八十センチ）あるげな」

「おお、力もあって、俵を抱えて鷺山の市まで行ったと。もう親父の代わりに立派に働いておるわ。親孝行ないい坊主じゃわい」

「親父に似たか。そりゃいい。早速呼んでくるだわ」

右京亮は、あわてて村の評判を伝えた。

「そのかわり、飯は三人前食らうそうじゃ。籠城したら、どんなもんかな」

三人は沈黙した。

「まあ、よい」

ひと呼吸おいて妙賢が言った。

「飯は何とかなるじゃろ。市十の坊主にせい。あともう一人、おらんかの」

籠城するのは自分ではないから、そんな気楽なことが言えるのだと右京亮は思ったが、口には出せなかった。

「惣《そう》寄合いの年寄に声をかけてみなされ。若い衆の一人ぐらい出してこように」

「いや、やはり弥次衛門じゃろう。年じゃと言うても、まだ四十じゃ。大丈夫じゃわ」

「さよう。まだ隠居は早いぞ。せがれが大きくなるまでやらせろ」

妙賢の指図で、人数はかたまった。

「館はどうする。わしらが合戦に出たら兄貴が守るのかな」

叔父が言った。この館は、主戦場にならずとも、敵の略奪の標的になるかもしれない。

「そうじゃのう。郷の若い者に打物を持たせるか。足軽の五人や十人は、どうってことないわ。いよいよとなったら鷺山のお城へ入るかな」

「ここは守るにはよくなかろう。舟田《ふなだ》の合戦でもすぐに落ちてしまったと聞くが」

「そりゃ古い話じゃ。じいさまの時代やろ。あのときも尾張の兵が入ってきたのじゃが」

「百姓らはどうする。館に入れるかね」

「それしかなかろう。合戦が終わるまで館でじっとしておるのやな」

話はそれでおわり、翌日、又六が七右衛門と市十のせがれを連れてきた。

「叩き屋敷に連れていけ」

と右京亮は命じた。叩き屋敷は館の隣にある。本来は弓や槍の稽古をする場所だが、時には年貢を納めない百姓を引っ張ってきて鞭打つこともある。ために百姓には恐れられていた。

七右衛門は大柄で、鋭い目をしている。右京亮が叩き屋敷に入って

来た時も、値踏みをするような視線を向けてきた。だが右京亮と視線を合わせるような無礼はせず、又六に促されると、

「殿様の側で働けること、この上ない幸せと存じまする」

とよどみなく言った。

なるほど妙賢の目にとまったはずで、これならば使えそうだ。

問題はもう一人のほうだった。

「やい市十」

右京亮は土下座している市十のせがれに言った。市十は代々の名乗りだから、市十のせがれはやはり市十と名乗るのである。

せがれの市十は声を聞くと、その大きな体を窮屈そうに丸めて額を地面にこすりつけた。汚れた髪で結《ゆ》った小さな髷《まげ》が震えていた。よく

見ると、帷子《かたびら》が小さくて丸出しになった脛《すね》に、乾いた泥が白くこびりついている。

「親父にかわって出陣せい。太刀を持ってわしの馬廻りにつくんじゃ。働き次第で褒美をとらすでなあ」

市十はなにも言わずにうずくまっている。しかし筋の盛り上がった逞しい腕は、ぼろぼろの帷子の上からでもよくわかった。

「太刀の扱いは又六に教われ。戦陣の作法もあるゆえ、これから毎日、田から上がったらここへきて又六に習うがよかろう」

へえ、と小さな声で返事があった。

「これ、旦那に顔を見せんか。合戦場で敵とまちがえられて槍玉に挙げられても知らんぞ」

又六が大声で脅すと、市十はひっと言ってすぐに顔を上げた。怯えたような目で右京亮を見て、また頭を下げる。日々の野良仕事に追われて日焼けした顔は荒れていたが、目だけはまだ疑いを知らない子供の目だった。

七月の終りから、下福光郷では早稲《わせ》の稲刈りが始まった。それから順番に中稲《なかて》、晩稲《おくて》とつづき、干した稲束と、藁《わら》を焼く煙があちこちで目につくようになった。

思った通り作柄《さくがら》は悪かった。米は籾《もみ》の実が軽く、平年の半作といったところだった。米だけでなく芋《いも》や粟《あわ》、稗《ひえ》といった雑穀も、水損で思ったようには収穫できそうにない。

「これではのう。飢死がたくさん出るぞ」

「尾張も近江もやはり水損やそうな。出来の悪いのは一緒やろ。飢えた野良犬みたいな軍勢が襲ってくるのだわ」

百姓たちは口々にそんなことを言った。今回の織田や朝倉の討ち入りの目的のひとつが、秋の実りの収奪なのはまちがいなかった。

右京亮は、百姓たちとは別の不安を抱えていた。

合戦は初めてではないが、今までは美濃の国中での合戦だった。相手方も味方も、それぞれ家柄や評判を知った者同士である。相手の出方は想像がついた。だが今回は見も知らぬ他国の軍勢である。どういう合戦になるのかわからなかった。

聞けば、尾張の侍たちは三河《みかわ》や駿河《するが》の軍勢と取り合いを重ねており、進退は速く、行動は果断だという。

その上、右京亮は、福光家の惣領として出陣するのは初めてだった。昨年の大桑の戦いまでは、父の妙賢が指揮を執っていたのだ。だから合戦の準備をしつつも、不安で仕方がなかった。たとえ八人の小勢といえども、全体を掌握して命令を下すには、経験も度量も欠けているように思えてならなかったのである。

そんな中で、女たちは落ち着いていた。

館の女たちは矢作りに精を出した。矢の軸になる篠竹は春に切り取って陰干しにしてある。これの長さを切り揃え、火であぶって曲りを直し、砂で磨く。矢羽根と矢じりを植え込む。出来上がった矢は矢箱に百筋ずつ入れてゆく。

別の女たちは、里芋の茎を縄に綯《な》って味噌で煮た。これを合戦に持って行く小荷駄の荷縄にすれば、飢えた時の食料になる。干飯《ほしいい》も作った。戦場へ持ってゆく飯は白米でなければならなかった。でなければ力が出ない。女たちはこういった仕事を、館の中庭で笑いさざめきながらこなしていった。

秋風が吹くころになると、太郎は笑うようになった。

泣いて空腹を知らせて、ねいの乳房にありつくと、くっくっと乳を飲む。満腹すると、見ている者の心を蕩《とろ》かすような笑みを浮かべるのだった。

乳を飲みながら寝てしまったときに頬をつついてやると、目を閉じたまま思い出したように乳を吸いはじめる。少し飲むと、また力尽きたように寝入ってしまう。

ねいと右京亮は、それを何度か繰り返しては微笑みあった。

「からくり人形のようやわ」

とねいは言い、穏やかな表情で右京亮に告げるのだった。

「なんやしらん、もうこの子の泣き声がするだけで乳が張って、お乳が溢れてくるに。なんやら自分の体やないみたいやわ」

一時は乳母をつけなければならないかと心配したが、このごろでは、ねいの乳は余るほど出た。

親子三人でいる時だけ、右京亮は迫って来る合戦を忘れることができた。

四

九月に入るとすぐに、越前勢が北の国境を越え、徳山谷《とくやまだに》を南下しているとのうわさが伝わってきた。

すわ来たかと合戦の準備をいそいでいるところに、尾張の軍勢が南の国境である木曾川を越えたとの知らせがもたらされた。日根野九郎左衛門から福光一族に呼び出しがかかったのは、その翌日である。

紺糸威《おどし》の腹巻をつけ、支度をととのえた七人を従えて、右京亮は稲葉山城へはいった。

すぐに鹿垣《ししがき》を結いまわしたり道を塞《ふさ》いだりという、城の攻め口を狭《せば》める作業に駆り出され、あわただしく二日ほどすごすうちに、北西のほうで越前勢に味方が負けたとのうわさが陣中に広まった。

「越前の軍勢はどえらい数で、合戦場では向こうが見えんほど黒くかたまって押し寄せてきたそうな」

「敵の大将は教景入道《のりかげ》どのじゃ」

「明日にも長良川べりに来るのやないか」

城内の兵たちが小声でうわさしあうのを聞くたびに、胃の腑の底にちりちりと痛みを感ずる。

尾張からの軍勢は、黒田《くろだ》、小越《おこし》、摩免渡《まめど》の三箇所で木曾川を押し渡り、先手《さきて》はすでに茜部《あかなべ》に達して、あたりの村々を荒らして回っているとのことだった。

緒戦でのあいつぐ敗退に、城内の士気はしぼんでゆくように見える。

そんなある朝、市十が下帯ひとつの姿で小屋に帰ってきた。

「なんじゃ、その姿は」

又六が驚いた声を出すと、市十は下を向いたままぼそぼそと答えた。

「負けて、取られてしもうた……」

兵たちは昼間は城を堅固にする普請をして、夕方にはそれぞれの小屋に引き上げるが、荒くれ男たちがおとなしく寝ていられるものではない。夜になれば、あちこちの小屋で手慰《てなぐさ》みの賭け事が行われていた。

中には熱くなって無一文になるまで賭ける者もいる。明日は命のやりとりをするという身であってみれば、自暴自棄になるのも無理はない。

しかし市十がそんなことをするとは、思いもよらなかった。

聞けば、最初は勝っていたが、あれよあれよという間に負けてゆき、最後には父親譲りの野太刀まで取られたという。

「このたわけ者が。着物ばかりでなしに太刀まで取られるとは、どこまで抜けておるのじゃ。合戦でどうして働くつもりじゃ」

市十を叱り飛ばし、蹴倒したが、それで小袖と太刀がもどってくるものではない。

「筵《むしろ》でもかぶって出るだわ。得物は竹槍でもこしらえぬと、しょうがないじゃろう」

又六の言葉に市十は平伏したままだ。又六は小刀を鞘《さや》ごと抜いて、市十を小突き、河原へ行って竹を切って来やれ、と言った。

次の日、右京亮たちは茜部に出陣した。

すでに村は焼かれて、黒煙がいくつもあがっていた。

日根野九郎左衛門がひきいる三百人は、深田の中の幅一間《けん》（約一・八メートル）ほどの道を進んでゆく。

あたりは所々に林と集落があるほかは、沼地と深田である。深田は刈り入れの後も水が落ちぬ田で、入り込めば臍《へそ》まで埋まってしまう。

右京亮は又六を先頭に立て、自身は馬上で槍を構えていた。

行軍が止まった。前に敵兵が見えたとのことだった。

「ここは足場が悪い。少し退いて中島の村で迎え撃つか」

「いや、むしろ進んで野瀬《のせ》まで行くやろ。あそこは広いでな」

右京亮が叔父と話しているうちに物見がもどってきて、また列が動きはじめた。野瀬の野原を目指すらしい。

「敵は二百ほどじゃあ。織田与二郎《よじろう》とて総大将の弟じゃ。相手にとって不足はないぞ。みなの衆、心得たか」

九郎左衛門の大声に、一斉に「おう」という声があがる。

「早駆けえーっ」

具足を鳴らして三百人が駆けた。敵にすでに発見されている以上、猶予はならない。戦場へ早く入り、よい陣地を得なければならない。

先頭を走る足軽たちが野瀬の荒れ地にはいった時、織田方の兵も荒れ地の反対側に出現した。と見る間に左右に散開して、美濃方を包み込むような陣形を取った。

「弓、弓!」

右京亮は藤左衛門に言った。藤左衛門は矢の入った靭《うつぼ》とともに弓を差し出す。右京亮はそれをひったくるようにして受けとり、かわりに手槍をわたした。

九郎左衛門の指示が飛ぶ。美濃方も同じように陣形を開いた。

一町（約百九メートル）ほどの間合いをおいて、両軍が対峙した。

そのまま互いに前へ進み、距離を消してゆく。

ざわめきが次第におさまり、異様な緊張が美濃方の上に漂った。近づいて見ると織田の軍勢は多かった。その数二百どころか五百を越えているだろう。物見が見誤ったにちがいない。

だが今から引くわけにはいかない。

右京亮は右翼にいる。

首筋といわず胸と言わず、汗が滴り落ちてゆく。織田の軍勢が目の前で膨れあがってくる。心臓が打つたびにこめかみが震える。

両軍の間が三十間（約五十四メートル）ほどに詰まった時、貝が吹き鳴らされた。

右京亮は弓を引き絞った。狙《ねら》いなどつける余裕もなく、黒々とかたまっている織田勢に向けて矢を放った。織田勢からも矢が飛んできた。一筋や二筋ではない。降りかかる矢の雨に、右京亮は思わず後ずさりした。

「前へ行くがよいぞ。退いたらよけいにおそろしくなるぞ」

叔父が叫ぶ。南無《なむ》八幡《はちまん》、と右京亮は口の中で唱える。

五十人あまりの美濃の槍衆が、穂先をそろえて織田勢の中に突入した。

織田勢も槍衆が前に出てきている。織田の槍衆は長柄《ながえ》の槍を八相に立ててかまえ、突っ込んできた美濃衆をたたいた。少しばかり突かれても、執拗《しつよう》に何度でもたたく。数で劣る美濃の槍衆は、次第にたたき伏せられてゆく。

一度崩れると足軽はもろい。美濃の槍衆は突き崩され、槍を引きずりながら後退してくる。

そこに織田の槍衆が突っ込んで来る。

中央陣が押された。

それを見て、左翼の美濃勢が尾張の槍衆に横合いから斬りかかった。

新手《あらて》の攻撃を受けて、織田の槍衆も混乱し、前進がとまる。

今度はそれを見た織田の騎馬武者が、美濃勢の左翼に突っ込んできた。

「馬槍衆、前へ」

下知《げち》の声とともに、押し太鼓が急調子で打ち鳴らされた。たちまちあたりはわめき声と馬のいななき、それに具足の鳴る音に包まれた。

「槍じゃあ」

藤左衛門に弓を渡して槍を受けとると、右京亮は馬の首を押した。一団は前へと駆け出した。左右の同勢も、槍をかかげて前へ出た。

前方に、黒糸威の甲冑《かっちゅう》に半月の前立の兜《かぶと》をかぶり、馬を走らせてくる武者があった。あとには槍を持った従者や指物持ち、太刀をふりかざした小者が従っている。

その武者は、上体を前にかたむけてこちらへ突っ込んできた。あきらかに右京亮をねらっている。

右京亮は馬をとめて槍を振りあげ、突込んできた武者の槍先を力まかせにたたき伏せた。

槍と槍が交錯し、絡みあったかと思うと馬同士がぶつかる。受ける形になった右京亮の馬が押され、おびえて飛び跳ねた。

「どう、どうっ」

どうにか馬を鎮めたが、その隙に槍の柄で肩を打たれた。よろめいたところに今度は馬の腹に槍を突っ込まれた。

急に青空が目の前にひろがり、それがぐるりと回った。

次の瞬間、右京亮は背中から地面にたたきつけられていた。

背中をしたたかに打って息が詰まった。あわてて起きあがろうとしたが、具足が重くて起きあがれない。敵が馬を寄せてきて槍を振りあげた。右京亮は恐怖にかられ、寝転がったまま叫び声をあげた。

「殿！」

又六が叫びながら、槍で馬の横面を思い切りたたいた。敵の馬がくるりと横を向く。ついで七右衛門が馬に太刀を突き刺した。

馬は竿立ちになって武者を振り落とし、七右衛門の太刀を胴体に突き立てたまま、恐ろしい勢いで走り去った。

馬から振り落とされた敵の武者は尻餅をついたが、すぐに起きあがって槍をかまえた。脇を駆けつけてきた郎党らが固めて、又六らを追いはらう。

「殿、しっかり」

「起こせ。手をひけ」

藤左衛門に助け起こされて、右京亮がようよう起きあがったところに、黒糸威の武者が鋭く槍を突き出してきた。

鎧《よろい》の右袖を切り破られ、さらに二、三合槍を合わせるうちに左肩に槍を受けた。たちまち焼けつくような鋭い痛みが襲ってきた。傷を受けたことに愕然《がくぜん》としたが、すぐに憤怒の炎が噴きあがってきた。

右京亮は武者を見据えた。よく見れば小柄な中年男だった。猿頬《さるぼお》の下に小狡《こずる》そうな目が光っている。右京亮はそこまで認めると、相手を呑んだ。

調子にのって突いてくる槍をはねあげ、足許を槍の柄で払った。敵はよろめき、膝をついた。その兜に上から槍を打ち下ろす。前のめりになったところに、さらに背中を打った。相手も槍を伸ばして足を払いにきた。飛び下がって槍先を避けると、相手はその隙に立上がり、また槍をかまえる。

息を荒くしながら、互いににらみあった。つと前に出ようとしたときだった。

「何をしとる。ひけ。退《の》き口が塞がるぞ」

うしろから叔父が叫ぶ。

見れば織田の指物、馬印は前面だけでなく左右にも進出していた。

気がつくと美濃衆は押され、崩れ立って壊走寸前だった。

右京亮はあわてて後ろへ飛びすさった。

相手が追ってくる。さらに五間（約九メートル）ばかりうしろに走った。

「引け。引くんや」

連れの者どもに命じた。又六や藤左衛門は、命じられるまでもなく逃げはじめていた。市十も右京亮のあとから懸命に駆けている。叔父にいたっては、右京亮よりずっと先方を馬を飛ばしていた。

「汚えぞ、返せ」と追いすがる相手を振り切って、右京亮は畦道《あぜみち》を走った。

細い畦道は、一歩まちがうと深田にはまりこむ。危険ではあるが、もう街道へはもどれなかった。街道の入り口は後退する美濃衆で押し合いへしあいの混乱になっている。

日根野九郎左衛門が弓衆を指揮して、押してくる織田勢に矢を射かけているが、押し止めることはできないでいる。

背後で「うわあっ」という声が聞こえた。

振り返ると、大柄な男が深田に落ち込んで泥まみれになっていた。

市十ではないか。

長い竹槍を持ち、馴れぬ具足を着けて走ったため、釣り合いをくずして田に落ちたのだ。

「た、助けてくだせえ」

市十が悲痛な声をあげる。胸まで泥の中に入り込んでいる。恐ろしく深い泥田のようだ。

「たわけ、早う上がらんか」

又六が言い、駆け寄ろうとした。だがそのむこうに幾人かの人影が見える。槍をかかえて畦道をぐんぐん近づいてくる。

「あかん。敵やぞ。返せ」

右京亮は叫んだ。

気づいた又六は、弾かれたように取って返し、こちらに走ってきた。

置き去りにされた市十は、畦道の草をつかんでなんとか泥田から這いあがった。

そこに尾張の足軽が追いついた。槍の穂先がきらめく。

長い悲鳴が右京亮の耳に届く。目をそらし、南無阿弥陀仏と胸の中で唱えた。

どこをどう走ったか、とにかく井《い》の口《くち》の近くまで逃げてきた。

「もう大丈夫や。追っては来んわ」

叔父が言う。

馬を失くし、重い具足を着けたまま走ったため、右京亮は地面にへたりこみ、しばらく起きあがれなかった。おまけに肩の傷からはまだ血が出ている。

「今日はこれまでじゃわ。はよう傷養生をせんと。明日はまた朝から取り合いじゃわ」

汗みどろになって倒れ伏している右京亮に、馬上から叔父が言った。叔父は息も切れておらず、むろん手傷も負っていない。

結局、今日の合戦では美濃方は十人ほどが討ちとられ、五十人ほどが手傷を負った。対して尾張方の首は二つだけだった。その上、茜部の村は尾張方に占領された。

尾張勢は、明日は井の口の町に迫ってくるだろう。

夜が更けても、藤左衛門や七右衛門たちはかたまって立ち話をしていた。

叔父と次郎兵衛はどこかよその侍の小屋へ行っている。藤左衛門たちが何を話しているのかわからないが、話は熱を帯びているようだった。

「あいつらを離れさせい。明日はもっと厳しい取り合いになるぞ。早く休むように言え」

傷の痛みに顔をしかめながら、右京亮は又六に命じた。

明日は大合戦になる。百姓たちはそんなことも分からないのか、と腹が立った。

右京亮はなかなか眠れなかった。肩の傷は小便で洗い、持参の膏薬《こうやく》をつけたが、まだ火のように疼《うず》く。骨にも筋にも達していないかすり傷だが、動かせば痛い。

合戦に体は疲れているが、頭は興奮している。槍を合わせた相手の目が瞼《まぶた》に浮かんでくる。あのときにこう槍をつければ、こう突けば、と何度も何度もおなじことを考えてしまう。

下福光の館も心配になってくる。

長良川のむこうだから戦場からは遠いが、越前勢が西から稲葉山に向かっているとすれば、その進路にあたるかもしれない。今日の茜部の村のように焼かれてしまうのだろうか。

市十の最期の叫び声も耳から離れない。

何のための合戦かと思うと、空しくなってくる。斎藤殿が無茶をしなければ、こんなことにはならなかったのに、と考えてしまう。

これまでに織田方や越前衆を迎え撃ったのは、右京亮のような在郷の地侍か、近江からの助け勢《すぜい》である。肝心の斎藤殿は、城の曲輪《くるわ》の中にこもったまま出てこない。二千とも三千とも言われる手勢も、まだ無傷でぬくぬくとしている。最後の最後まで、大将の斎藤殿は安泰なのだ。

なんとも腹立たしいが、そういう仕組みになっている。

五

早朝、目が覚めると、すでに多くの者は合戦の支度を整えていた。

急いで焼き米をかじり、水で飲み下した。幸い、肩の傷は腫《は》れもせず、痛みもいくらかはひいている。

朝から黒い雲が低くたれこめていた。湿った西風が吹いていて、今にも雨が降りそうな空模様だった。

「長良川の向こうは朝倉に次郎殿の衆じゃ。南は犬山、西は清洲《きよす》と弾正忠の軍勢じゃわ。たくさんござったものじゃ」

叔父が唄うように言う。越前勢と尾張勢が、井の口の町を包囲しているとのことだった。

「お味方は？」

「合わせて五千がいいところじゃ。稲葉山のお屋形がいくら合戦上手でも……」

そのあとは叔父の声が小さくなって、聞き取れなかった。

井の口の町は、北に長良川を天然の濠《ほり》となし、東は稲葉山を楯《たて》としている。西と南には総構《そうがまえ》といって水濠と土塁《どるい》が設けられているが、山や川にくらべれば要害とはならず、攻められるとすれば、やはりこちらからと目されている。

右京亮の一統は西の門を守るべく、配置についていた。水濠の幅は五間（約九メートル）、濠にかかる橋はもちろん落としてある。土塁の上に楯と竹束を立てならべ、矢と石を攻め手に降らせる手筈《てはず》だった。町の入り口で、まず尾張衆をひと押しする。そこが破られたら町の中の寺や侍屋敷で防ぐ。最後は稲葉山城での決戦になるだろう。

斎藤殿はどうやら最後の決戦に賭けているらしい。手勢の精鋭は相変わらず城にこもったままで、手薄な兵力が総構の防ぎについている。

「わしらは捨て石かや。御大将は出てござらんのか」

叔父が低い声で言う。

「しっ。聞こえたら成敗《せいばい》されるぞ」

叔父はそれにかまわず、いつになく真剣な表情で言う。

「おめえ、百姓らのこと、気がつかんか」

「なにが」

「気をつけぬと、うしろから矢が飛んでくるかもしれんぞ。市十を見殺しにしたのが、よっぽど気に入らんらしい。殿様はむごいお方やと言うておるぞ」

右京亮はむっとした。

「なにを言うておるのや。だれも市十を助けなかったやないか。それにこれは合戦じゃ。うろうろしておれば殺されるわい」

「しかし百姓どもはそうは思っておらん。戦うのはおめえとわしで、自分らは添え物やと思っておる。わしらは上からは捨て石にされて、下からも見放されるだわ」

右京亮は苦い思いで叔父の言葉を聞いた。

織田勢の攻撃は辰《たつ》の刻（午前八時）にはじまった。

土塁のむこうは忠節村《ちゅうせつむら》である。織田勢は忠節村の家に一軒ずつ火をかけ、焼き落としては進んでくる。曇り空に黒い煙がたなびいた。

忠節村はすでに無人となっている。村人は戦火を避けて川向こうに逃れ、村を根城とする地侍も、屋敷を捨てて井の口の守りについている。

村を焼いた織田勢は西の門に殺到した。

何百という弓衆が、濠際まで進出し、楯をならべ、土塁の内側に矢を射かける。そのうしろには材木や土俵を担いだ足軽たちが集まっている。門を守る美濃衆を矢で圧倒し、その隙に、打ち壊した家の古材木や土を詰めた俵をもって濠を埋め、門に取りつこうという算段らしかった。

右京亮は、土塁の上に立て連ねた楯の隙間から矢を射た。又六や藤左衛門らは石を投げた。

織田の足軽たちは、竹束を差しかける足軽に守られて濠際へ進み、材木や俵を投げ込むと、素早く矢の届かぬところへ逃げてゆく。

的は小さく、矢が届く距離にいる時間は短かったため、容易に当たらない。おまけに左肩の傷がひきつれるように痛む。

土塁の上から矢を射る右京亮らに、矢が何本も飛んできた。空気を切り裂く音が頭上を越えるたびに、右京亮は首をすくめる。しだいに濠が埋まってきた。死がそこまで近づいてきたように思える。

昼過ぎには濠が埋まった。

雨が降り出し、風も強くなってきた。だが雨などにかまってはいられなかった。すぐ目の前に黒々と敵がかたまっているのだ。

織田勢の総攻撃がはじまった。低く黒雲に覆われた空に押し太鼓が響くと、何千という旗指物がいっせいに動いた。

「来たぞ。あわてるな。的が近寄ってくるのじゃ。二間、三間になったら矢を放て。いいか、ひきつけるのじゃ」

日根野九郎左衛門の指図で、右京亮たちは矢を射るのを控えた。具足の隙間から雨が浸入してくる。顔に降りかかる雨粒を何度もぬぐいながら、静かに待った。

埋めた濠を渡って侍たちが塀《へい》にとりつき、這いあがってきた。土塁の上で待ち構える右京亮たちめがけて、矢が飛んでくる。

寄せ手は濠を渡ると土塁にそって横にひろがり、登りやすそうなところを探した。あとからあとから押し寄せてくる敵で、土塁の下は隙間がないほどになった。息がかかりそうなくらい近づいた。

「いまじゃ、放て、放て」

九郎左衛門が怒号する。右京亮は引き絞った矢を放った。

数十本の矢がいっせいに飛んだ。

何人もの尾張衆が鎧に矢を突きたてたまま濠に落ち、水しぶきをたてた。子供の頭ほどの石をまともに受けた敵がその場にうずくまり、やがてずるずると滑って濠に落ちた。尾張勢の叫び声は雨に消された。降り注ぐ矢の嵐にひるみ、攻撃は頓挫《とんざ》したかに見えた。尾張衆はいったん土塁からはなれ、濠を越えて自陣へ引いた。

ほっとして、右京亮は又六と笑みをかわし合った。だが尾張衆は大軍である。再び押し太鼓が鳴り渡り、交替した新手の軍勢が迫ってきた。

右京亮は敵がすぐ目の前に現れるのを待ってから矢を放った。至近距離から放たれた矢は、具足を射抜いて敵に最期の悲鳴をあげさせる。

それでも尾張衆は、波のように引いては寄せ、引いては寄せて攻めたててきた。次々に新手が現れ、土塁に取りつく。矢も間断なく射込まれてくる。

応戦に大汗をかいていると、突然、背後であっと声がした。

振り向くと、七右衛門が尻餅をついて顔を押さえていた。その目のあたりに矢が突き立っている。獣の咆哮《ほうこう》のような叫び声をあげながら、七右衛門は転げ回った。

「あかん。動くな。よけいに血が出るぞ」

又六が駆け寄り、のたうち回る七右衛門を抱き止めようとした。七右衛門はもがき苦しんで又六を撥ねのけようとする。二人は泥まみれになって地面の上に転がったが、すぐに七右衛門の動きは鈍った。又六は痙攣《けいれん》している七右衛門を仰向けにして、矢の刺さったところを調べた。そして立ち上がると右手に矢を握り、左手を七右衛門の顔にかけた。

「我慢せえ。それ」

矢は抜けたが、出血ははげしくなった。七右衛門は気を失ったか、そのまま地面にのびている。藤左衛門が七右衛門を介抱するが、七右衛門は動かない。

その後も一刻以上揉《も》み合いを繰り返した。雨は本降りになっていて、時折、たたきつけるように激しく降ってくる。

尾張衆は、今度は足軽が先に梯子をたてかけ、そのあとから、侍が持ち楯を手にして梯子を登ろうとしていた。濠のむこうからは、一層激しく矢を射かけてくる。

右京亮も全身濡れ鼠《ねずみ》になりながら矢を射つづけた。雨をついて矢が飛び交う。次の矢を靫から抜き取ろうとして、もう二本しか残っていないことに気がついた。

「矢じゃ。早う持ってこう」

矢を弓につがえつつ叫んだ。が、返事がない。もう一度、矢じゃと叫びつつ振り向いて愕然とした。

藤左衛門がいなかった。目につくのは、雨に打たれるまま地面に置き捨てにされている七右衛門だけだった。

「又六、やつらはどこへ行ったんや」

「なんと、どこへ失せおったんや」

又六も気づかぬうちに、百姓たちは消えてしまっていた。おそらく負け合戦と見て逃げ出したのだろう。雨が足音を消し、迫ってきた夕暮れが後ろ姿もすぐに隠してしまったのだ。

持ち場に残るは又六と叔父と次郎兵衛、それに右京亮だけである。

「旦那、下じゃ」

又六の言葉にはっと下を見ると、尾張兵がすぐ目の下にいた。あわてて弓を引くと、弦《つる》がぶんという音をたてて切れた。雨に濡れて弱くなっていたのだ。

右京亮は弓を捨て、太刀を抜いた。そこへ下から槍が来た。たまらず後退した。

ついに寄せ手は土塁を乗り越え、右京亮たちの前に現れた。右京亮に槍をつけた侍は、そのまま右京亮に向かってきた。

「槍、槍じゃ。又六、槍じゃ」

太刀を構えたまま右京亮は叫んだ。だが右京亮の槍をもっているはずの藤左衛門はいない。又六も叔父もすでに敵と槍を合せていて、右京亮を助ける余裕はない。

凄《すさ》まじい気合いとともに槍が襲ってきた。あっと言う間に右の高腿を突かれ、さらに具足の上から数合、突かれた。右京亮は「槍じゃ、槍」と叫びながら後ずさりした。敵はさらに追ってくる。

突かれた右足がもつれたと感じた次の瞬間、右京亮は泥水の上に仰向けに転がっていた。

冷たい雨がまともに顔に当たった。しまったと思った時、体の上に重い物が荒々しく落ちてきた。敵が首を掻《か》こうと馬乗りになってきたのだ。

「うわあっ」

右京亮はわめき、敵を撥ねのけようとした。敵は片膝で右京亮の右肩を押さえ、左手で兜の眉庇《まびさし》をつかむと、腰の脇差をぬいた。

右京亮は脇差をつかんだ敵の手を握った。目の前で白刃が躍る。

「又六、又六！」

右京亮は叫んだ。だが又六は来ない。

敵は脇差に両手をそえ、右京亮の喉をめがけて突き下ろす姿勢をとった。右京亮は必死で押しかえすが、馬乗りの相手は体重をかけてくった。

る。白刃が震えながら徐々に迫ってきた。相手を押しのけようと反り返っても、うまくいなされてしまう。

あと一寸で喉に刃が突き刺さる。

思わず悲鳴をあげた。

そのとき相手が大きく息を吐き、急に腕の力が抜けた。

ついで目の前が明るくなり、雨が目に入った。

馬乗りの敵がのけぞり、苦しげな呻《うめ》き声をあげている。腹のあたりに暖かいものが流れ落ちるのを感じた。右京亮はあわてて敵を振りおとして起きあがった。

見ると、敵の脇腹に槍が突き刺さっている。

「又六、ようやった」

と言ってから、槍の主が又六でないことに気がついた。

急いで袖印をみると、美濃衆にまちがいはなかった。しかし日根野の手の者ではない。

援軍が来たのだと思いつくまでに、しばらく時間がかかった。

「これは、かたじけないことじゃ。それがし、命拾い仕《つかまつ》った」

思わず叫んだが、槍の主はかまわず敵に馬乗りになり、首を掻こうとしている。

あたりを見回すと、美濃衆ばかりが走り回っていた。首のない死体がいくつか転がっている。

援軍が土塁を乗り越えた尾張兵を討ち、土塁の下へ追い落としつつあるのだ。

「旦那、無事でござったか」

又六が走り寄ってきた。そのうちに叔父もきた。

「なんとか……、助かった」

そう応えるのが精一杯だった。

一度は土塁を乗り越えた尾張兵は、今や完全に総構の外に追い払われていた。

右京亮は全身から力が抜けた。泥水の中に座り込みそうになった。

その時、叔父がおどろきの声を発した。

「ありゃ、なんじゃ」

「ん？」

右京亮はその光景を見て息を呑んだ。

大手門のまえに、何千という軍勢が群れていた。

それも怪我をした兵や、槍や弓をなくした兵などは一人もおらず、具足姿も美々しい新手の兵だった。

城内にこもっていた、斎藤殿の手勢にちがいなかった。右京亮を助けてくれた武者も、そのひとりだろう。

驟雨《しゅうう》の中を使い番の母衣《ほろ》武者が走っていた。鉦《かね》も太鼓も鳴らさないまま、軍勢は二手にわかれ、一手は長良川の堤を越えてゆき、残りは大手門から出ていった。

「斎藤利政様が打って出られるで。この期《ご》に遅れて高名《こうみょう》の機会を逃すな」

日根野九郎左衛門が大声を出した。どうやら尾張方の中に突入するらしい。

「しかし、尾張衆は倍はいるぞ。大丈夫かな」

叔父が不安そうに言う。

「行くしかなかろう」

手傷を負った右の高腿を晒《さらし》でしばると、右京亮は尾張兵が落として
いった槍をひろい、二度、三度としごいた。

六

翌日、あたりが薄暗くなり、風が冷たくなったころ、ようやく下福
光の館が見える辻にきた。
「さ、今日はまずあったかい飯をたらふく食うんじゃ。それから酒じ

ゃ。かか殿にもたんと飲ませて、わしも潰れるまで飲むぞ」

叔父の機嫌は最高だった。

右京亮は足の痛みもあってそれほど陽気にはなれなかったが、なにより生きて帰れる歓びはひとしおだった。

合戦は味方の大勝利におわった。

昨夕、日が落ちる寸前になってから、美濃勢は音も立てずに大手門を出て、尾張衆に突っ込んだ。

引き揚げようとしていた尾張衆は、不意をつかれて混乱におちいった。すでにひと合戦終わったつもりで、戦意の抜けている集団である。小勢といえど、ここまで無傷で温存されていた斎藤利政の手勢を、止めることはできなかった。しばらく揉みあったあと、尾張衆は崩れ立ち、我がちに逃げはじめた。

美濃勢は雨の中を走り、逃げまどう尾張衆につぎつぎと槍をつけた。追われて尾張衆は四分五裂となり、木曾川をめがけて敗走した。

そのころから雨はさらに激しくなったが、右京亮たち美濃勢は追撃の手をゆるめなかった。街道には尾張衆の旗指物が散乱し、兜や具足がそこここに脱ぎ捨ててある。街道は一筋で、策も案もなく逃げてゆく尾張兵を追い討ちするのは造作もなかった。国境の木曾川まで尾張兵を追って、豪雨で水かさの増している川へ何千という兵を追い落とすことになった。

結局、この日の追撃で尾張方は五千人あまりが討死し、総大将の織田弾正忠はひとりでようよう帰還するという大敗北となった。

右京亮と叔父も雨の中を走り回り、敵の首級をひとつずつ挙げた。生き残った上に手柄までたてたのである。

明け方、美濃勢は稲葉山城へと引き上げてきた。辰の刻（午前八時）には城下で勝鬨《かちどき》が上がった。それから振る舞い酒があり、一杯機嫌で帰ってきたのだ。

着いたとき、下福光の館の門は閉まっていた。

又六が門をたたき、大声で呼ばわった。しばらくは応答がなく、静まり返っていたが、やがて門の内から声がした。

「本当に又六か。顔が見えんぞ」

「本当じゃ。その声は与三《よそう》やろ。早く開けい。旦那様がお帰りじゃわ」

驚いたような声と荒い足音がして、館の中に一大事を告げる声が聞こえた。

その夜はにわかに祝宴となり、郷中の人々が酒を飲み、深夜まで騒いだ。中心はもちろん叔父だった。かすり傷ひとつ負っていない叔父は大声で戦場の自慢をし、酒を飲み、今様《いまよう》を唄った。

「越前の足軽どもがの」

叔父に合戦の間の消息をたずねられて、酒で赤くなった顔で妙賢は言った。

「そこらの百姓の家に寝泊まりしたんやわ。食い物をよこせ、銭をよこせとこの館にも来ての。それなりの物は出したが、何度も来るでの、一度はにらみつけて追い返したったのじゃわ。すると足軽のやつら、あとから何十人と押しかけてきて、火矢をかけおった。わしも久し振りに弓を持ったぞ」

わしらが尾張衆をたたいたからそれですんだのや、と叔父が口をはさんで、ひとしきり話が盛り上がったのだった。

右京亮は肩口と腿の傷養生を理由に早々に奥へ引っ込み、太郎の横で泥のように眠った。

翌朝夜明けとともに床を蹴ると、顔も洗わずに大門の櫓へのぼった。見晴らすと、赤みを帯びた朝の光の中に、下福光郷が浮かびあがっていた。

館のすぐ先から刈り入れの終わった田が拡がり、長良川の手前の、鬱蒼《うつそう》とした竹林までつづいている。西方にはごろんと山芋を転がしたような鷺山と、それよりやや低い鶴山が見えた。北には百々ヶ峰が屏風のように立っており、その背後には奥美濃の山々が青く連なっている。

それは子供のころから見慣れた景色だった。だが今朝はどこかちがって見える。

――これで普段通りの生活にもどれる。

昨日までに見たいくつもの死体の姿が、目の前にちらつく。市十や七右衛門の運命は、ほんの一歩か二歩の差で、右京亮に襲いかかっていたかもしれないのだ。それを思うと背筋が冷たくなるが、同時に自分は危ういところを勝ち抜いたのだと、誇らしくも思うのだった。

飽きずに眺めつづけていると、背後に足音がした。振り向かずとも、ねいだとわかった。

ねいは持ってきた毛皮の胴巻きを右京亮の肩にかけ、右京亮の横に並んで、なにも言わずに北の山々を眺めはじめた。

右京亮は苦笑した。

「太郎が起きて泣くといかんから、中へ入れ」

右京亮は振り向いてねいに言った。その瞬間、ねいがあっと息をのんだのがわかった。

「おまえさま、髪が白くなってる」

「白く？　髪がか」

「そう。じいさまみたいに。あれ、皺《しわ》もふえて……」

ねいはそう言うと、放心したように右京亮を見詰めた。

自分でも気がつかないうちに、右京亮の相貌は変わってしまっていたようだった。

「苦労なさって……」

ねいは袖で顔を隠すと、右京亮の胸に頭をあずけてきた。押し殺した嗚咽《おえつ》がもれてくる。

その声を聞いてはじめて、右京亮は自分が大きなものを守りきったのだと感じた。

本書は、株式会社講談社のご厚意により、講談社文庫『一所懸命』を底本としました。但し、頁数の都合により、上巻・下巻の二分冊といたしました。

一所懸命　上

（大活字本シリーズ）

2022年11月20日発行（限定部数700部）

底　本　講談社文庫『一所懸命』

定　価　（本体2,800円＋税）

著　者　岩井三四二

発行者　並木　則康

発行所　社会福祉法人　埼玉福祉会

埼玉県新座市堀ノ内3―7―31　〒352―0023

電話　048―481―2181

振替　00160―3―24404

印刷製本所　社会福祉法人　埼玉福祉会　印刷事業部

ISBN 978-4-86596-528-5

大活字本シリーズ発刊の趣意

現在，全国で65才以上の高齢者は1，240万人にも及び，我が国も先進諸国なみに高齢化社会になってまいりました。これらの人々は，多かれ少なかれ視力が衰えてきております。また一方，視力障害者のうちの約半数は弱視障害者で，18万人を数えますが，全盲と弱視の割合は，医学の進歩によって弱視者が増える傾向にあると言われております。

私どもの社会生活は，職業上も，文化生活上も，活字を除外しては考えられません。拡大鏡や拡大テレビなどを使用しても，眼の疲労は早く，活字が大きいことが一番望まれています。しかしながら，大きな活字で組みますと，ページ数が増大し，かつ販売部数がそれほどまとまらないので，いきおいコスト高となってしまうために，どこの出版社でも発行に踏み切れないのが実態であります。

埼玉福祉会は，老人や弱視者に少しでも読み易い大活字本を提供することを念願とし，身体障害者の働く工場を母胎として，製作し発行することに踏み切りました。

何卒，強力なご支援をいただき，図書館・盲学校・弱視学級のある学校・福祉センター・老人ホーム・病院等々に広く普及し，多くの人人に利用されることを切望してやみません。